Elisa Lark

Auf der Dult, da gibt's a Sünd

Provinzkrimi

Kurzbeschreibung

Münchner Liesl ermittelt (Teil 1)

Die Münchner Polizistin Elisabeth versucht Haushalt, Kind und Arbeit unter einen Hut zu bringen und stößt dabei ab und zu an ihre Grenzen. Doch wenn es darum geht einen Serienmörder hinter Gitter zu bringen, setzt sie alle Hebel in Bewegung. Ihre Freundin und Kollegin Michaela steht ihr dabei zur Seite und in diesem Fall erhalten sie auch noch Unterstützung von ihren beiden Kollegen, mit denen sie sich für gewöhnlich im Konkurrenzkampf befinden.

I

Elisabeth

Es sind erst ein paar Tage im neuen Heim und schon jetzt nervt mich die Pendelei zwischen unserem Haus und dem Revier. Ich habe mich in unserer kleinen, schnuckeligen Wohnung wirklich wohlgefühlt, aber für drei Personen wurde sie auf Dauer einfach zu eng und eine Größere ist in der Stadt München einfach nicht bezahlbar. Die Mieten sind unverschämt teuer und die Kaufpreise utopisch.

Daher haben wir uns entschieden aufs Land zu ziehen und zur Arbeit zu pendeln. Während mein Mann Stefan überwiegend im Homeoffice arbeiten kann, muss ich täglich pendeln. Kein Wunder, dass er es ganz toll im neuen Zuhause findet. Immerhin hat er nun sein langersehntes eigenes Büro und die Garage, in der er seinen Hobbys nachgehen kann. Das alles war natürlich in unserer kleinen Wohnung nicht möglich. Allerdings musste ich nicht eine halbe Weltreise unternehmen, um Leni in den Kindergarten zu bringen. Zum Glück ist das nur noch vorübergehend, bis sie im September in die Grundschule kommt. Wir wollten ihr den Wechsel mitten unter dem Jahr ersparen, weshalb ich mich dazu entschlossen habe, sie täglich in den Kindergarten zu fahren und Stefan holt sie in seiner Mittagspause wieder ab. Anschließend bringt er sie zu meinen Eltern, die sich bis zu meinem Dienstende um die Kleine kümmern. Zumindest an den drei Tagen in der Woche, an denen ich den ganzen Tag arbeite.

Für ihn ist dies nur mit weniger Aufwand verbunden, weil meine Eltern außerhalb Münchens auf einem Bauernhof leben und unser neues Zuhause befindet sich nun viel näher bei ihnen, als zuvor unsere Stadtwohnung.

„Leni, wir müssen los!“, rufe ich durch das Treppenhaus nach oben.

Meine Tochter ist vermutlich noch nicht alt genug, als dass sie wüsste, wann es Zeit ist aufzubrechen. Aber sie weiß mit Sicherheit, dass wir es morgens immer sehr eilig haben. Das ist nämlich jeden Tag so. Dennoch trödelt sie tagtäglich in ihrem Zimmer. Kurz bevor wir aufbrechen müssen, hat sie täglich noch etwas in ihrem Zimmer vergessen, das sie holen muss, um es ihrer Freundin im Kindergarten zu zeigen.

Allerdings bleibt es meist nicht dabei, denn sobald sie eine ihrer Barbiepuppen in die Finger bekommt, vergisst sie alles um sie herum und fängt an zu spielen.

„Leni!“, rufe ich mit Nachdruck und noch eine Spur lauter.

Wie so oft bleibt mein Rufen ohne Reaktion und ich sprinte die Treppe nach oben. Natürlich finde ich sie in ihrem Zimmer auf dem Boden sitzend. Sie ist damit beschäftigt eine ihrer Barbiepuppen neu anzukleiden.

„Leni, hast du mich denn nicht gehört?“, frage ich sie und kann eine Spur Vorwurf in der Stimme nicht verhindern.

„Ich komme schon“, entgegnet sie, macht aber keine Anstalten aufzustehen.

„Leni, bitte!“

Endlich erhebt sie sich vom Boden und stopft drei der Puppen in ihren kleinen Rucksack.

„Willst du die alle mit in den Kindergarten nehmen?“, frage ich sie leicht genervt.

Sie nickt, so dass ihre blonden Löckchen süß hüpfen. Es ist zwecklos zu versuchen es ihr auszureden, denn das würde ewig dauern und vermutlich selbst dann nicht funktionieren. Meine Tochter hat einen Dickschädel, der meinem in nichts nachsteht. Vermutlich liegt es an ihrem Sternzeichen. Stiere sind ja dafür bekannt stur zu sein.

Ich versuche alle Verkehrsregeln einzuhalten, auch wenn ich die Geschwindigkeitsbegrenzungen etwas großzügig auslege. Mit einem Kuss verabschiede ich mich von Leni, als wir beim Kindergarten ankommen. Dieser fällt jedoch ziemlich flüchtig aus, denn sie kann es kaum erwarten zu den anderen Kindern zu laufen.

Sehnsüchtig sehe ich ihr nach. Als sie vor fast drei Jahren ihren ersten Tag im Kindergarten hatte, war sie ganz und gar nicht begeistert. Die erste Zeit hat es täglich Tränen gegeben und das nicht nur bei Leni, sondern auch bei mir. Doch nach ein paar Wochen hat sich das gelegt und mittlerweile geht sie sehr gerne in den Kindergarten.

Kurz bevor ich mich abwende, sehe ich wie eins der Kinder seine Pausenbox öffnet. Kein Wunder, dass er es kaum erwarten kann diese zu essen. Der Inhalt gleich einem Kunstwerk in Form von kindlich dekorierten Lebensmitteln.

Das Pausenbrot wurde sternförmig ausgestochen und das kleingeschnittene Obst auf kleine Spießchen gesteckt. Ich frage mich wie viel Zeit diese Eltern morgens in der Küche verbringen, um ihrem Nachwuchs die Pause zu richten.

Wenn ich daran denke, wie ich morgens mit halbgeöffneten Augen in die Küche schleiche und als erstes den Knopf der Kaffeemaschine drücke, nur um anschließend im Halbschlaf eine Scheibe Vollkorntoast mit Schokocreme zu bestreichen und ein paar Weintrauben in die Tupperschüssel zu geben, komme ich mir wie eine Rabenmutter vor. Vor allem auch, weil ich dafür immer wieder von den Kindergärtnerinnen getadelt werde. Schokocreme ist eigentlich als Pausenbrot verboten. Allerdings isst meine Tochter sowieso nicht sonderlich gut und würde mir ein Käsebrot wieder mit nach Hause bringen. Also soll sie lieber ihren Schokotoast essen, bevor sie gar nichts zu sich nimmt.

Als ich kurz darauf im Revier eintreffe, sind meine Kollegen schon anwesend. An meiner Pünktlichkeit sollte ich wirklich noch arbeiten. Ein Glück, dass ich gleitende Arbeitszeiten habe.

„Guten Morgen“, begrüße ich meine Kollegin und mittlerweile auch gute Freundin Michaela.

Sie ist Single und lebt im Gegensatz zu mir noch mitten in München in einer kleinen Wohnung. Nach ihren Angaben soll das auch so bleiben, denn Michaela ist nicht auf der Suche nach dem Mann fürs Leben. Zumindest behauptet sie das immer.

„Guten Morgen, du siehst ja schon wieder abgehetzt aus.

Eine ganz nette Begrüßung, das muss ich schon sagen. Wenn ich mich morgens nur um mich selbst und nicht auch noch um meine kleine Tochter kümmern müsste, dann würde ich vermutlich auch etwas frischer aussehen. Na ja, und wenn ich nicht grundsätzlich ein Morgenmuffel wäre, das macht vielleicht auch noch was aus.

„Guten Morgen, Ladies“, ruft plötzlich Thomas, der gerade unser Büro betritt.

Während ich mit Michaela ein Team bilde, arbeitet Thomas mit Erik zusammen. Auch wenn jedes Team seinen eigenen Aufgabenbereich hat, sitzen wir gemeinsam in einem Großraumbüro. Glücklicherweise sind die Schreibtische der beiden etwas von unseren getrennt. Es reicht schon, wenn sie uns ab und an bei der Arbeit in die Quere kommen.

Vermutlich ist es ganz normal, dass wir hin und wieder in einer Art Konkurrenzkampf zueinanderstehen. Es wird nur langsam Zeit, dass die Jungs begreifen, wer hier immer die Nase vorn hat und das sind eindeutig wir Mädels.

„Wie war euer Wochenende?“

Für meinen Geschmack ist Thomas viel zu gut gelaunt und auch Michaela rollt genervt mit den Augen. Sogar Eriks Miene zeigt, dass er die Euphorie seines Kollegen nicht teilt.

„Wie kann man nur an einem Montagmorgen so gute Laune haben?“, fragt Erik und zieht dabei seine rechte Augenbraue in die Stirn.

„Wenn man ein erfüllendes Wochenende hatte“, entgegnet er mit einem zufriedenen Lächeln und lässt dabei seine Augenbrauen hüpfen.

Das sieht so lustig aus, dass ich laut anfange zu lachen und auch meine Kollegin stimmt mit ein, während Erik seine Augen rollt und genervt den Kopf schüttelt.

„Wie heißt sie? Wie alt ist sie? Und wo kommt sie her?“

Bei Eriks Fragen sieht Thomas ihn stirnrunzelnd an. Ich bin nicht sicher, ob er die Fragen nicht beantworten kann, oder sie nicht beantworten will. Thomas behauptet ja immer, er wäre auf der Suche nach der Frau fürs Leben, doch insgeheim glaube ich ja, das ist alles nur eine Lüge. Er liebt es die Frauen an der Nase herumzuführen und sie zu wechseln, wie andere ihre Unterwäsche.

„Laura“, antwortet er schließlich und legt dabei den Zeigefinger nachdenklich auf seine Unterlippe. „Oder war es Lena?“

Als er sich am Kopf kratzt, entlässt Michaela einen vorwurfsvollen Laut.

„Du weiß nicht einmal wie sie geheißen hat?“

Er sieht sie schulterzuckend an.

„Nicht mehr so genau“, gibt er schließlich zu.

„So wird die Suche nach der Richtigen vermutlich schwierig“, murmle ich amüsiert.

„Sie war nicht die Richtige“, entgegnet er mit einer Ernsthaftigkeit in der Stimme, dass man meinen könnte, es ginge um Leben und Tot.

„Wann genau wurde dir das bewusst?“, fragt Michaela nach.

Er runzelt die Stirn.

„Eigentlich schon, als ich mich eine Weile mit ihr unterhalten habe“, gibt er schließlich zu.

„Und dann hast du sie trotzdem mit nach Hause genommen?“, hakt Michaela vorwurfsvoll nach.

„Nein, natürlich nicht“, erwidert er.

„Dann hattest du also keinen Sex mit ihr?“, fragt nun Erik etwas weniger zurückhaltend.

Er gehört zu den Menschen, die immer alles klar und deutlich ansprechen.

„Doch schon“, nickt Thomas.

Wir alle drei sehen ihn irritiert an.

„Du hast doch gerade gesagt, du hast sie nicht mit nach Hause genommen."

Erik wirkt etwas ungehalten und verwirrt.

„Habe ich ja auch nicht. Ich bin mit zu ihr gegangen", sagt er, als wäre dies selbstverständlich.

„Aber du wusstest doch, dass sie nicht die Richtige ist", wirft Michaela ein.

„Klar, aber deshalb muss ich ja nicht die Nacht in Keuschheit und Einsamkeit verbringen und um mich anderweitig umzusehen, dafür war es schon zu spät."

Er zuckt die Schulter und sieht dabei aus, als würde er übers Wetter reden. Mein werter Kollege hat nicht gerade viel Feingefühl. Vermutlich hat er sich am Morgen danach einfach davongeschlichen, oder sogar noch in der Nacht. Als die arme Frau aufgewacht ist, war sie vielleicht am Boden zerstört, weil er sie einfach so sitzengelassen hat.

„Mag noch jemand Kaffee?", fragt Thomas, womit für ihn das Kapitel offenbar abgeschlossen ist.

Unisono lehnen wir ab und schütteln dabei den Kopf, wobei diese Geste nicht unbedingt der Ablehnung des Heißgetränks geschuldet ist, sondern vielmehr seinem Verhalten der Frau gegenüber. Doch er scheint es nicht zu registrieren, vielleicht ignoriert er es auch einfach.

II

Elisabeth

„Wir müssen los!“, sagt Michaela, als sie das Büro betritt.

Ich blicke von meinem Bildschirm auf und sehe sie fragend an.

„Ein neuer Fall?“, hake ich nach.

Sie nickt und deutet mir mit einem Blick an, dass ich mich sputen soll. Vermutlich um zu verhindern, dass unsere Kollegen uns den Fall wegschnappen. Manchmal ist es bei uns wie in einem Spiel zwischen Kindern. Jeder möchte der Beste und Erste sein.

Ich springe auf und schnappe meine Jacke. Als wir das Büro verlassen, kommen uns Erik und Thomas entgegen.

„Was habt ihr es denn so eilig?“, fragt Erik stirnrunzelnd.

„Wir haben einen neuen Fall“, erklärt ihm Michaela im Vorbeigehen.

„Und wer hat entschieden, dass es euer Fall ist?“, entgegnet er vorwurfsvoll.

„Ihr wart ja nicht da“, erwidert sie schulterzuckend und kann sich dabei ein Grinsen nicht verkneifen.

„Das kommt davon, wenn man immer Pause macht und sich im Kaffeestübchen rumdrückt.“

Bei meinen Worten sieht er mich finster an. Während ich ihm schadenfroh zuwinke verlassen wir das Büro und schließen die Tür hinter uns.

„Hast du ihre dummen Gesichter gesehen?“, fragt Michaela gutgelaunt, als wir in ihren Wagen steigen.

Für gewöhnlich nehmen wir ihr Auto. Nicht nur, weil sie keinen Kindersitz auf dem Rücksitz hat inklusive einer gefühlten Milliarde Brösel, sondern auch weil sie in ihrer Freizeit Rallys fährt und eine wirklich gute Fahrerin ist. Außerdem ist ihr Auto definitiv sportlicher, als das meine. Was wohl daran liegt, dass sie Single ist und keine Familienkutsche benötigt.

„Worum geht es eigentlich?“, hake ich nach, als wir im Wagen sitzen.

„Keine Ahnung, ich weiß nur, dass auf dem Gelände der Maidult eine Leiche gefunden wurde“, antwortet sie.

Die letzten Tage fand in München die Dult statt. Gestern war der letzte Tag und heute sollten die Schausteller mit den Aufräumarbeiten begonnen haben. Da bin ich ja mal gespannt, wo dort eine Leiche gefunden wurde und ob wir es mit einem natürlichen Tod oder einem Mord zu tun haben.

Wie vermutet ist auf dem Festgelände jede Menge los und es herrscht große Aufbruchstimmung. Allerdings wurde ein Großteil des Geländes abgesperrt und rundherum haben sich die Schaulustigen versammelt. Wir drängen uns hindurch und passieren die Absperrung.

Auf direktem Weg begeben wir uns zu Herbert, unserem Gerichtsmediziner, der gerade mit dem Rücken zu uns vor dem Kettenkarusell steht. Erst als wir näherkommen, eröffnet sich uns ein grausamer Anblick. Auf einem der Sitze befindet sich die Leiche einer jungen Frau. Ihre Bluse ist zerrissen und auf ihrem Hals sind deutliche Würgemale zu erkennen.

Während ihre Arme leblos an den Seiten baumeln, liegt ihr Kopf im Nacken. Sie trägt eine enge Jeanshose und ihre langen blonden Haare fallen in großen Wellen hinter ihr hinab. Die Frau ist wunderschön und es ist eine Schande, dass so ein junges Leben auf so grausame Art und Weise ausgelöscht wurde.

Auch wenn ich den Job schon eine ganze Weile mache, kann ich mich an solche Anblicke nicht gewöhnen.

„Servus Herbert", begrüßen wir den Gerichtsmediziner.

Er sieht sich zu uns um und nickt uns knapp zu. Er gehört nicht gerade zu jenen Menschen, die viel sprechen, doch seine Arbeit erledigt er immer zeitnah, zielstrebig und zuverlässig.

„Weißt du schon was?", fragt Michaela ihn.

„Wir haben hier Jennifer Kiesler, 21 Jahre jung. Sie wurde erwürgt und anschließend hier abgesetzt“, erklärt er.

„Dann wurde sie nicht hier ermordet?“, hake ich nach.

„Den Spuren nach zu urteilen, wurde sie hierher geschleift. Ihr rechter Schuh liegt unten an der Treppe. Vermutlich ist dem Täter gar nicht aufgefallen, dass er von ihrem Fuß gefallen ist, als er sie die Treppe hochgezogen hat. An ihrer Ferse sieht man Schleifspuren, die ihr wohl dabei zugefügt wurden“, erklärt er.

Ich werfe einen Blick auf die zerrissene Bluse des Opfers.

„Wurde sie vergewaltigt?“, frage ich nach.

„Das kann ich erst sagen, wenn ich sie genauer untersucht habe, aber da sie vollständig bekleidet ist und lediglich ihre Bluse Spuren eines Kampfes aufweist, vermute ich, dass sie sich gewehrt hat und der Angreifer sie deswegen umbrachte“, antwortet er.

„Weißt du denn, wann genau sie umgebracht wurde?“, hakt Michaela nach.

„Das müsste so zwischen ein und fünf Uhr morgens gewesen sein“, erwidert Herbert.

„Vermutlich hat der Mistkerl versucht sie zu vergewaltigen und als sie sich gewehrt hat, da hat er ihr die Kehle zugedrückt und sie getötet“, sagt Michaela stirnrunzelnd.

„Da es in den frühen Morgenstunden war, ist auf dem Festgelände kaum mehr was los gewesen. Er wird wohl gewartet haben, bis die Luft rein ist und hat sie dann aufs Karussell gesetzt."

Meine Kollegin nickt bei meiner Vermutung, doch dann runzelt sie die Stirn.

„Aber warum hat er sie nicht einfach dort liegen gelassen, wo er sie umgebracht hat?", fragt sie schließlich nachdenklich.

„Keine Ahnung, vielleicht war der Ort nicht dafür geeignet." Sie zuckt ihre Schultern, bevor sich ihre Miene verändert und sie mich fragend ansieht. „Oder er hat sie mit zu sich nach Hause genommen und dort umgebracht. Anschließend hat er sich der Leiche hier entledigt."

„Das wäre natürlich gut möglich", stimme ich ihr zu. „Aber wie um Himmels Willen sollen wir bei all den Spuren hier den Täter finden?"

„Mit etwas Glück findet Herbert noch Spuren an der Leiche, die uns zum Täter führen."

Michaela sieht ihn beinahe flehend an, wobei er lediglich seine Schultern zuckt.

„Ich kann nichts versprechen", brummt er und widmet sich wieder der Leiche.

Somit ist für ihn alles gesagt. Wenn wir nicht wüssten, dass auf ihn Verlass ist und er seine Arbeit gut macht, dann könnte man fast meinen, es wäre ihm völlig egal. Gut, dass wir ihn schon lange genug kennen.

Als Herbert die Kollegen herbeiwinkt, um die Leiche abzutransportieren, sehen wir uns noch am Tatort um. Die Spurensicherung läuft auf Hochtouren und, während unsere Kollegen alles haarklein untersuchen, gehen wir zu dem jungen Mann, der die Leiche heute Morgen gefunden hat.

Ich nicke der Kollegin, die gerade die Personalien des Mannes aufgenommen hat zu, was bedeutet, dass wir ab hier übernehmen.

„Das ist Herr Kaljeski, er hat das Opfer gefunden“, sagt die Kollegin, bevor sie mir die bereits getätigten Notizen zu dem Mann überreicht.

„Herr Kaljeski, wann haben Sie denn das Opfer aufgefunden?“, frage ich ihn.

„Ich wollte heute Morgen vor Beginn des Abbaus noch Brötchen fürs Frühstück holen. Doch als ich beim Karussell vorbeikam, habe ich sie gesehen und sofort die Polizei gerufen“, erklärt er.

Er erzählt uns noch, dass er die Leiche nicht angefasst hat und auch niemanden in deren Nähe gesehen hat. Letztendlich hat hier offensichtlich kein Mensch etwas beobachtet oder auch nur verdächtige Personen gesehen. Wie sollen wir bei so vielen Spuren und Personen, die sich die letzten Stunden am Tatort aufgehalten haben, den Täter finden?

„Als erstes sollten wir herausfinden, mit wem sie auf der Dult war. Sie wird ja sicher nicht alleine unterwegs gewesen sein“, schlage ich vor, als ich mit Michaela den Tatort verlasse.

Nickend stimmt sie zu.

„Dann fahren wir mal ins Revier und machen die Angehörigen ausfindig."

Das ist der wohl schlimmste Teil unserer Arbeit und ich hasse es der Überbringer so schrecklicher Nachrichten zu sein. Dennoch gehört es nun einmal zum Job.

III

Elisabeth

„Dann wollen wir mal!“, sagt Michaela seufzend, als wir bei den Eltern des Opfers ankommen.

Ich drücke den Klingelknopf und es dauert nicht lange, bis sich die Tür öffnet. Eine Dame Anfang Fünfzig mit blonden kurzen Haaren steht vor uns und als wir uns vorstellen, runzelt sie nachdenklich die Stirn. Es dauert nicht lange, bis ihre Gesichtszüge entgleiten.

„Ist etwas mit Jennifer?“, fragt sie besorgt, als hätte sie eine böse Vorahnung.

„Wir haben leider eine schlechte Nachricht für Sie“, teile ich ihr mit und es bricht mir beinahe das Herz, ihr die Wahrheit zu sagen.

„Ist sie tot?“, fragt sie atemlos.

Ich nicke und dabei darf ich gar nicht daran denken, wie es sich anfühlen würde, wenn mir jemand mal so eine schreckliche Nachricht überbringen würde. Der Gedanke an meine Tochter treibt mir Tränen in die Augen. Angestrengt versuche ich diese zu unterdrücken, um professionell zu bleiben. Dabei spüre ich Michaelas Seitenblick, während ich verzweifelt nach den richtigen Worten suche.

„Das kann nicht sein.“

Die Frau wirkt nicht nur entsetzt und verloren, sondern auch einem Nervenzusammenbruch nahe. Was angesichts der Tatsache, dass sie gerade vom Tod ihrer Tochter erfahren hat auch kein Wunder ist.

„Dürfen wir reinkommen?“, fragt Michaela, die offensichtlich die richtigen Worte findet. „Dann können wir Ihnen alles erklären.“

In diesem Moment kommt ein Mann etwa Mitte bis Ende fünfzig die Treppe herunter. Als er die Tränen der Frau sieht, eilt er direkt zu ihr und legt einen Arm um sie. Jetzt müssen wir auch noch dem Vater erklären, dass seine Tochter umgebracht wurde.

„Was ist denn passiert?“, fragt der Mann, als er bemerkt, dass seine Frau zu keiner Konversation fähig ist.

Sie ist völlig apathisch und niedergeschlagen.

„Sind Sie der Vater von Jennifer Kiesler?“, fragt Michaela ihn.

„Ich bin ihr Stiefvater“, entgegnet er sichtlich angespannt.

Er sieht zu der Frau in seinem Arm und ahnt offensichtlich bereits, dass es schlimm werden wird.

„Wir mussten Ihrer Frau gerade die schreckliche Nachricht überbringen, dass wir Ihre Tochter tot aufgefunden haben.“

Bei Michaelas Worten steht auch dem Mann das Entsetzten ins Gesicht geschrieben.

„Um Gottes Willen“, flüstert er, bevor er seine Frau an sich zieht und fest die Arme um sie schlingt.

Sie fängt schrecklich an zu weinen und es zerreißt mir fast das Herz sie so zu sehen. Er schlingt seine Arme fest um ihren Körper und redet tröstend auf sie ein. Dennoch dauert es eine ganze Weile, bis sie sich soweit beruhigt hat, dass er sie dazu bewegen kann, zurück in die Wohnung zu gehen.

Mit einer Handbewegung und einer knappen Aufforderung bittet er uns herein. Wir folgen ihm in die Küche, wo sich eine große Eckbank befindet.

„Setzen Sie sich doch!“, bietet er uns an.

Die Frau sitzt da wie ein Häufchen Elend und schluchzt unaufhörlich. Es scheint als könne sie sich gar nicht mehr beruhigen. Ich kann es wirklich nachvollziehen und es kostet mich einiges an Überwindung nicht selbst zu heulen.

„Wie ist es passiert?“, fragt der Mann uns nach einem Moment der Stille.

„Sie wurde heute Morgen auf dem Festgelände aufgefunden. Unseren bisherigen Ermittlungen zufolge, wurde Ihre Tochter erwürgt.“

Bei Michaelas Worten schluchzt die Frau laut auf und presst sich ein Papiertaschentuch gegen Mund und Nase, um ihre lauten Geräusche des Schmerzes zu dämpfen.

„Wer tut denn sowas?“, fragt er uns mit ungläubiger Miene.

„Das versuchen wir herauszubekommen“, erwidere ich entschlossen.

„Sie wissen noch gar nicht, wer ihr das angetan hat?“, fragt nun die Mutter unseres Opfers.

„Bisher haben wir noch keine Hinweise. Allerdings werden wir alles daransetzen den Täter zu finden“, versichert ihr Michaela.

„Dazu brauchen wir aber Ihre Hilfe. Können Sie uns sagen mit wem Ihre Tochter gestern auf der Dult war?“, hake ich nach.

Der Mann sieht seine Frau fragend an. Wie es scheint hat er keine Ahnung, was seine Stieftochter in ihrer Freizeit gemacht hat.

„Ich weiß es nicht“, antwortet die Frau schließlich.

Sie schnäuzt sich und schüttelt den Kopf.

„Jennifer ist vor etwa zwei Wochen ausgezogen und seit sie nicht mehr hier wohnt, weiß ich natürlich nicht immer wo sie ist“, erklärt sie.

Die Mutter hat definitiv noch nicht richtig verstanden, dass ihre Tochter tot ist, denn sie redet, als wäre sie noch am Leben. Offensichtlich fällt ihr das gerade selbst auf, denn erneut fängt sie wieder an zu weinen.

„Wenn sie nicht ausgezogen wäre, würde sie vielleicht noch leben“, schluchzt sie. „Ich hätte es nicht zulassen dürfen.“

„Es ist doch nicht deine Schuld“, beruhigt sie ihr Mann.

„Es fühlt sich aber so an“, erwidert sie völlig niedergeschlagen.

„Sie können nichts dafür“, sage ich so einfühlsam es mir möglich ist. „Es gibt nur einen Schuldigen und den werden wir finden.“

Zweifelnd sieht sie mich an. So richtig kauft sie mir das wohl nicht ab. Dabei bin ich festentschlossen, mein Versprechen einzuhalten und so wie ich Michaela kenne, ist es bei ihr genauso.

„Wie können wir Ihnen dabei helfen?“, fragt uns der Mann.

„Wir müssen herausfinden mit wem Ihre Tochter auf der Dult war“, erklärt ihnen Michaela. „Können Sie uns die Namen der Freunde Ihrer Tochter aufschreiben?“

Die Frau nickt, während ihr Mann nach einem Zettel und Stift auf der angrenzenden Küchenkommode greift. Sie fängt an zu schreiben, wobei eine ihrer Tränen auf das Papier fällt.

„Dann benötigen wir auch noch die Information, wo sie gearbeitet hat“, ergänze ich Michaelas Ausführung.

„Sie studiert noch“, sagt der Stiefvater. „Hier in Passau an der Uni.“

„Hatte Ihre Tochter irgendwelche Feinde oder gab es mit jemandem Streit?“, fragt Michaela die beiden.

Die Mutter schüttelt heftig den Kopf.

„Sie war ein liebes Mädchen. Alle haben sie gemocht“, antwortet der Stiefvater, weil die Mutter erneut gegen einen Heulkrampf ankämpft.

Als wir mit der Befragung fertig sind und uns verabschieden, werfe ich noch einen mitleidigen Blick auf die arme Frau. Ich werde alles Erdenkliche daransetzen, den Mörder dieser jungen Frau zu finden. Auch wenn es sie nicht zurückbringt, so birgt es doch eine Chance für die Mutter den schrecklichen Mord irgendwann verarbeiten zu können.

Es muss noch schlimmer sein, wenn der Täter nicht gefunden wird und sich dadurch seiner gerechten Strafe entziehen kann.

IV

Elisabeth

Als ich nach Hause komme, höre ich meine Kleine laut durch das ganze Haus nach ihrem Papa rufen.

„Was ist denn hier los?“, frage ich sie, als sie an mir vorbeiläuft.

Nicht dass ich eine Begrüßung erhalten würde. Recht viel mehr, als ein knappes „Hallo“ bekomme ich nicht, geschweige denn eine Antwort auf meine Frage. Sie läuft die Treppe hinauf und ruft weiter nach ihrem Papa.

Dabei öffnet sie jede Tür und sieht in jeder Ecke nach. Wie es scheint, spielen die beiden Verstecken. Ich lege meine Sachen ab und gehe in die Küche. Diese ist gefühlt zehnmal so groß, wie die in unserer alten Wohnung. Alles hier in diesem Haus ist großzügiger. Also von zu wenig Platz kann nicht die Rede sein.

Beim Anblick des Chaos, welches sich in unserer Küche befindet, seufze ich leise. Ich sehne die Zeit zurück, in der mein Mann noch täglich von morgens bis abends in der Arbeit war. Da hatte er zumindest nicht die Möglichkeit Chaos in der Wohnung zu verbreiten.

Da unsere kleine Rabaukin auch noch überall alles liegen lässt, sieht es hier aus, als hätte der Blitz eingeschlagen. Ich kann mich wirklich nicht beschweren, denn mein Mann kümmert sich rührend um unsere Kleine, wenn ich arbeite, doch das wars dann auch schon.

Während Mütter nebenbei noch Essen kochen, Wäsche waschen und die Wohnung sauber halten, mutieren Männer zu kleinen Kindern. Er spielt mit einer Engelsgeduld mit unserer Kleinen, was ich wirklich manchmal bewundere, denn ich habe diese Geduld und Ausdauer definitiv nicht.

Allerdings wäre es auch mal ganz schön, bei meiner Rückkehr das Haus so vorzufinden, wie ich es am Morgen verlassen habe. Doch diese Hoffnung wird wohl für immer eben jene bleiben.

Während ich das dreckige Geschirr in die Spülmaschine räume, höre ich einen freudigen Laut meiner Tochter. Offensichtlich hat sie ihren Papa gefunden. Kurz darauf kommen die beiden die Treppe herunter. Stefan trägt Leni huckepack und sie quietscht freudig.

„Hallo Schatz“, sagt er, als die beiden bei mir ankommen. Er drückt mir einen Kuss auf die Lippen, während Leni mir zuwinkt.

„Hallo Mama“, ruft sie gutgelaunt.

„Hallo meine Süße“, entgegne ich und als ich mich nach einem Küsschen von ihr strecke, geht Stefan in die Knie, damit ich leichter rankomme.

„Was gibt es zu essen?“, fragt sie anschließend.

„Wie wäre es mit Schinkennudeln?“, schlage ich vor.

Beide nicken zustimmend. Glücklicherweise sind meine beiden Lieblingsmenschen recht leicht zufriedenzustellen und erwarten keine kulinarischen Höchstleistungen. Es gibt öfter nur schnelle Küche, wenn ich länger arbeiten muss.

Meinen Vorschlag, dass auch Stefan ab und an kochen sollte, habe ich zurückgezogen, nachdem er es tatsächlich einmal versucht hat. Es war ungenießbar und das ist keinesfalls übertrieben. Mittlerweile bekommt er allerdings schon ein paar Kleinigkeiten hin. Fischstäbchen mit Ofenpommes sind kein Problem, da man sie nur in den Ofen schieben muss.

Mit dem Staubsauger kann mein Mann jedoch recht gut umgehen. Wenn ich mich hier so umsehe, sollte ich ihn vielleicht nochmal daran erinnern. Für den Moment jedoch versorge ich meine beiden Lieblingsmenschen mit Essen.

Ich hole eine Packung Nudeln aus der Speisekammer und fünf Eier. Anschließend schneide ich eine Zwiebel und den Rest Schinken, der sich noch im Kühlschrank befindet. Wie es aussieht, hat sich mein Mann heute schon darüber hergemacht, denn es sind nur noch ein Paar Scheiben übrig. Das werden dann wohl mehr Eiernudeln, als Schinkennudeln.

Nachdem ich einen Topf Nudelwasser aufgesetzt habe, brate ich Zwiebel- und Schinkenwürfel an. Anschließend gebe die gekochten Nudeln dazu. Die Eier verquirle ich in einer Schüssel, bevor ich sie über die Schinken-Nudel-Masse gebe und stocken lasse.

Währenddessen schneide ich noch ein paar Tomaten für den Salat. Ein Glück, dass Frauen multitaskingfähig sind. Etwa eine halbe Stunde später habe ich das Essen fertig und ich liebe so schnelle Gerichte.

„Das Essen ist fertig!“, rufe ich durch das Erdgeschoss, denn Leni und Stefan machen gerade das Wohnzimmer unsicher. „Könntet ihr bitte den Tisch decken!“

Sofort sind sie zur Stelle und auch Leni hilft fleißig mit, indem sie das Besteck verteilt. Ich lade die Portionen auf die Teller, bevor Stefan sie zum Tisch bringt. Als wir gemeinsam beim Essen sitzen, nehmen wir uns an den Händen und Leni sagt den Spruch, den sie im Kindergarten gelernt hat. Es gibt einige Rituale, die wir uns seit ihrer Geburt angeeignet haben. Dazu gehört auch das tägliche Abendgebet.

Als sie den ersten Bissen in den Mund schiebt, sehe ich ihr aufmerksam zu. Es ist nicht gesagt, dass es ihr schmeckt, auch wenn sie für gewöhnlich Schinkennudeln gerne isst. Bei Leni ist es ganz unterschiedlich und kann sich quasi täglich ändern.

Was sie heute mit großem Appetit verschlingt, kann morgen schon ungenießbar für sie sein.

Doch wie es scheint, gehören Schinkennudeln auch heute noch zu ihrem Lieblingsessen, denn sie schiebt sich gierig eine Gabel nach der anderen in den Mund. Auch meinem Mann scheint es zu schmecken, denn er isst ebenfalls recht hastig. Vermutlich liegt es nicht an meinen Kochkünsten, sondern vielmehr an der Tatsache, dass die beiden ziemlich hungrig sind.

„Schmeckt‘s euch?“, frage ich in die Runde.

„Mhm“, entlässt Leni, während sie unaufhaltsam weiterisst.

„Sehr gut“, stimmt mein Mann ihr zu.

Zumindest sind sie nicht wählerisch, was die Essensauswahl angeht. Anders wäre Arbeit, Haushalt und Kind auch nicht auf einmal zu stemmen.

„Musst du heute noch arbeiten?“, frage ich Stefan.

„Nein, ich habe für heute abgeschlossen“, erwidert er.

„Dann könnten wir doch gleich noch eine Runde spazieren gehen?“, frage ich ihn und ernte eine zweifelnde Miene.

Er ist definitiv nicht so der Spaziergänger-Typ, doch für mich macht er gewöhnlich eine Ausnahme. Als er mich jedoch stirnrunzelnd ansieht, bemerke ich, dass er kurz davor ist, sich eine Ausrede einfallen zu lassen.

„Nur eine kleine Runde, um ein bisschen frische Luft zu schnappen.“

Ich sehe ihn flehend an, so dass ihm gar nichts anderes übrigbleibt als zuzustimmen. Egal ob er Lust hat oder nicht. Ein paar Schritte schaden auch ihm nicht und Leni kommt noch an die frische Luft, was ihr auch guttut.

„Von mir aus“, stimmt er schließlich zu, wobei seine Miene keinen Zweifel daran lässt, dass er alles andere als erfreut darüber ist.

„Darf ich mit dem Laufrad?“, fragt Leni freudig.

„Aber nur, wenn du auf mich hörst und sofort anhältst, wenn ich es dir sage.“

„Versprochen!“, versichert sie aufrichtig.

Glücklicherweise ist sie ziemlich zuverlässig und folgsam, was das anbetrifft, ansonsten würde ich ihr das nicht gestatten. Außerdem ist in der Gegend, wo wir jetzt wohnen ziemlich wenig Verkehr. Auch ein Grund, warum es so viele Leute mit Kindern und Familie aufs Land zieht.

Stefan fängt nach dem Essen an den Tisch abzuräumen.

„Ich ziehe mich noch schnell um“, sage ich, bevor ich nach oben ins Schlafzimmer laufe.

Für gewöhnlich laufe ich zu Hause in Jogginghose und Schlabbershirt rum. Aber heute hat mich die Unordnung in der Küche dermaßen in den Bann gezogen, dass ich es völlig vergessen habe. Jetzt allerdings schmeiße ich mich als erstes in Wohlfühlklamotten, bevor ich mit den beiden aufbreche.

V

Michaela

Die Nacht war lang und ich hätte definitiv den letzten Martini nicht trinken sollen. In meinem Kopf hämmert es schmerzhaft, als ich meine Lider aufschlage. Zuerst werfe ich einen Blick auf meinen Wecker, was mich sofort stutzen lässt, als der sich nicht auf meinem Nachttisch befindet. Es dauert eine ganze Weile, bis ich schließlich erkenne, dass nicht nur der Wecker fehlt, sondern ich mich nicht in meinem Schlafzimmer befinde.

Ich kneife meine Augen zusammen und versuche mich an den gestrigen Abend zu erinnern. Als mir der Ablauf wieder einfällt, neige ich meinen Kopf langsam auf die andere Seite. Tatsächlich blicke ich in das Gesicht eines mir fremden Mannes. Dunkel erinnere ich mich daran, dass wir uns recht gut unterhalten und uns dabei etwas zu viel Alkohol gegönnt haben.

Jetzt muss ich das Ganze büßen und egal wie sehr ich mich anstrenge, ich kann mich nicht an den Namen des Mannes erinnern. Andererseits interessiert es mich auch nicht sonderlich. Daher hebe ich vorsichtig die Decke an und atme erleichtert auf, als ich feststelle, dass ich noch meine Klamotten trage.

Ich sollte hier so schnell wie möglich verschwinden und den Vorfall aus meinem Gedächtnis streichen. Ein Blick auf meine Armbanduhr verrät mir, dass ich tatsächlich noch genügend Zeit habe, um nach Hause zu fahren und mich umzuziehen. So entgehe ich peinlichen Fragen, weil ich noch dasselbe Outfit wie am Vortag trage.

Die Fahrt mit der U-Bahn ist nur kurz. Das ist definitiv ein Vorteil, wenn man inmitten der Stadt wohnt. Keine Ahnung wie Elisabeth das aushält. Für alles immer ein Auto zu brauchen und dann auch noch ewig unterwegs zu sein, bis sie endlich in der Stadt ist.

Auch wenn ich verstehe, dass mit Kind und Familie alles anders ist, so frage ich mich doch, ob es das wirklich wert ist, gleich einen so tiefen Einschnitt im Leben zu machen. Allerdings lebt sie auch nicht mein Leben. Während ich mich in ihrer Rolle so gar nicht sehe, scheint sie damit wirklich glücklich zu sein.

Die kleine Leni ist aber auch eine Süße. So ein kleines Mädchen zu haben, wäre schon schön. Nur das mit den Beziehungen bekomme ich nicht so auf die Reihe. Männer nerven mich ziemlich schnell. Ich habe gerne mit ihnen Spaß, aber mehr auch nicht. Bei Gott, ich habe es wirklich versucht, aber es lief immer wieder auf das Gleiche hinaus. Nach ein paar Wochen war ich so genervt, dass ich einfach keine Lust mehr hatte, mein Leben auf jemand anderen auszurichten.

Außerdem bin ich nicht gerade ein geduldiger Mensch, was den Umgang mit Kindern schwierig macht. Aber ich lasse keine Möglichkeit aus, um Zeit mit Elisabeth und der kleinen Leni zu verbringen. Ich bin sogar ihre Patentante und wenn ich ganz ehrlich bin gefällt mir das auch viel besser, als selbst ein Kind zu haben.

Die Verantwortung für so einen kleinen Menschen zu übernehmen, das ist nicht meins. Meine Stärken liegen eher darin, die Lieblingstante zu sein, bei der die Kleine alles machen darf, was ihre Eltern verbieten.

Als ich im Revier ankomme, bin ich als erste im Büro. Da hätte ich mich wohl nicht so beeilen müssen. Bei Elisabeth verstehe ich es ja noch, immerhin muss sie Leni noch in den Kindergarten bringen, aber warum sind Thomas und Erik noch nicht da?

Bin ich hier eigentlich die Einzige die arbeitet?

Als ich meinen Computer hochfahre, hetzt Elisabeth zur Tür herein.

„Guten Morgen“, sagt sie schweratmend, bevor sie sich überrascht umsieht. „Ich bin nicht die Letzte?“

„Nein, Ernie und Bert sind noch nicht da“, entgegne ich amüsiert.

Die beiden hassen es, wenn ich sie mit den Kosenamen anspreche und genau aus diesem Grund mache ich es so gerne. Eigentlich können sie von Glück sagen, dass ich sie nicht Dick und Doof oder Pinky und Brain nenne. Sie sehen das natürlich ganz anders, weil sie wie viele Männer an absoluter Selbstüberschätzung leiden.

„Du weißt, dass sie es hassen, wenn du sie so nennst“, erwidert sie schmunzelnd und stellt mir eine Tasse Kaffee auf den Schreibtisch, den sie aus der Küche mitgebracht hat.

Sie ist einfach die beste Freundin und Kollegin, die man haben kann.

„Du magst es ja auch nicht, wenn sie dich Liesl nennen und trotzdem hält es sie nicht davon ab“, erwidere ich, bevor ich die Tasse an meine Lippen setze und einen Schluck koste.

Das dunkle Gesöff ist köstlich und rettet meinen Morgen. Zuvor hatte ich noch keine Zeit, weil ich zu beschäftigt damit war, mich aus einem fremden Bett zu schleichen. Elisabeth sieht mich stirnrunzelnd an, bevor sich ihre Mundwinkel heben und sie ihre Arme vor der Brust verschränkt.

„Was?“, frage ich sie irritiert.

„Hattest du etwa eine harte Nacht?“, erwidert sie.

„Wie kommst du denn darauf?“

„Leicht gerötete Augen, das Gesicht ziemlich blass und wenn ich mich nicht irre, sehe ich da noch etwas Eyeliner auf deinem Lid. Den benutzt du für gewöhnlich nur, wenn du auf Achse bist.“

Sie kennt mich einfach zu gut. Bevor ich was erwidern kann, kommen Ernie und Bert zur Tür herein.

„Sieh mal einer an, da sind sie ja“, sage ich amüsiert und überlege noch, ob ich sie mit den Kosenamen ärgern soll.

Ich beschließe es noch etwas zu verschieben. Heute ergibt sich bestimmt noch die Gelegenheit es nachzuholen.

„Guten Morgen ihr zwei!“, begrüße ich sie stattdessen. „Ihr seid aber spät dran.“

Erik wackelt mit seinen Augenbrauen und grinst frech.

„Wir waren schon bei einem Tatort“, sagt er hoch erhobenen Hauptes.

„Ihr habt einen neuen Fall?“, frage ich ihn.

Beide nicken.

„Eine junge Frau wurde erwürgt und auf einer Schaukel abgesetzt“, antwortet er.

Ich runzle die Stirn und wechsle mit Elisabeth einen Blick. Das kommt uns doch bekannt vor.

„Auf dem Dultgelände?“, fragt Elisabeth, mit der ich offensichtlich meine Gedankengänge teile.

„Nein, auf einem Spielplatz“, antwortet Thomas.

„Habt ihr ein Foto von dem Tatort?“, hake ich nach.

„Klar, sollte schon hochgeladen sein.“

Thomas sieht mich misstrauisch an.

„Ihr wollt euch den Fall aber nicht unter den Nagel reißen oder?“, fragt er vorwurfsvoll.

„Warum sollten sie, die haben doch selber gestern erst einen Mordfall reinbekommen“, antwortet Erik an meiner Stelle.

Ich ignoriere das Gequatsche meiner beiden Kollegen und öffne die Datei zu ihrem neuen Fall. Elisabeth kommt zu mir und sieht mir über die Schulter, als ich das Foto der Ermordeten auf meinem Bildschirm öffne.

Es erscheint eine junge Frau, deren Würgemale denen unserer Toten sehr stark ähneln. Auch die Platzierung auf der Schaukel, auf der sich normalerweise zwei Kinder gegenübersitzen können, zeigt gewisse Ähnlichkeiten mit unserem Fall.

„Das kann doch kein Zufall sein“, murmle ich und sehe dabei zu Elisabeth über die Schulter hoch.

„Das könnte doch ein und derselbe Täter sein“, stimmt sie zu.

„Was?“, fragt Erik und kommt etwas aufgebracht auf uns zu.

Währenddessen öffne ich die Aufnahmen unserer Toten, um sie meinen Kollegen zu zeigen. Womöglich arbeiten wir gar nicht an zwei verschiedenen Fällen, sondern an ein und demselben.

VI

Elisabeth

Meine Kollegen wirken nicht sonderlich erfreut über unseren Verdacht.

„Ich glaube das hat etwas mit unserem Fall zu tun“, sage ich zu ihnen und zucke mit den Schultern.

Eriks Miene verfinstert sich.

„Liesl, ihr habt doch wohl nicht vor uns den Fall streitig zu machen. Selbst wenn es sich um denselben Täter handelt, dann ist das unser Fall!“, sagt er entschlossen.

„Wir waren zuerst an dem Fall dran“, mischt sich Michaela ein und erntet dafür finstere Blicke von unseren Kollegen.

Vielleicht bringt uns ja dieser Fall neue Erkenntnisse, denn bisher verliefen unsere Ermittlungen ins Leere. Weder die Studienkollegen, noch die Freunde konnten uns weiterhelfen. Sie war an jenem Tag wohl mit einem Mann auf der Dult feiern, den sie erst kürzlich kennengelernt hatte. Keine ihrer Freundinnen weiß, wie er hieß oder ausgesehen hat. Sie wollte ihn den Freundinnen erst vorstellen, wenn sich die Beziehung gefestigt hätte. Nun gehen wir natürlich davon aus, dass es dieser

Mann war, der Jennifer Kiesler getötet hat. Leider gibt es nur keinerlei Hinweise wer der Kerl war.

Das Handy des Opfers ist verschwunden und wir gehen davon aus, dass der Täter dies mitgenommen hat, um die Spur zu ihm zu verwischen. Genau genommen haben wir überhaupt keine Hinweise und tappen seit Tagen im Dunkeln. Zumindest wissen wir, dass der Täter sich nicht an ihr vergangen hat.

Wenn es sich beim Fall von Ernie und Bert, wie Michaela unsere Kollegen immer so liebevoll nennt, nun herausstellt, dass es sich um denselben Täter handelt, dann könnten wir vielleicht da Hinweise erhalten, die uns zum Mörder führen.

„Ihr wart zuerst an eurem Fall dran, aber das hat doch gar nichts mit unserem zu tun!“, widerspricht Thomas und verschränkt dabei seine Arme vor der Brust, als wolle er seiner Aussage mehr Nachdruck verleihen.

„Wenn sich rausstellt, dass es sich vielleicht um denselben Täter handelt, dann ist es definitiv unser Fall“, erwidert Michaela und nimmt die gleiche Haltung ein wie zuvor Thomas.

Die beiden funkeln sich an, als würden sie gleich einen Kampf austragen. Da ich weiß, wie fit und geschickt Michaela ist und Thomas in den letzten Jahren etwas geschludert hat, was Sport, Fitness und Ernährung anbelangt, weiß ich, dass er vermutlich keine Chance gegen sie hätte.

Seinem Gesichtsausdruck nach zu urteilen, weiß er das auch selbst. Er lässt seine Arme sinken und funkelt sie finster an.

„Was haltet ihr davon, wenn wir den Fall gemeinsam lösen, sollte es sich um denselben Täter handeln?“, schlage ich zur Versöhnung vor.

Michaela sieht mich etwas zweifelnd an. So ganz scheint ihr mein Vorschlag nicht zu gefallen.

„Das ist doch gar kein schlechter Vorschlag von der Liesl“, stimmt Erik mir sofort zu.

Ich werfe ihm einen finsteren Blick zu, denn er weiß ganz genau, dass ich diesen Spitznamen hasse. Er hebt entschuldigend die Hände.

„Elisabeth, meinte ich natürlich.“

So ganz nehme ich ihm die Entschuldigung nicht ab, denn seine Mundwinkel zucken belustigt. Trotzdem sind wir beide es wiedermal, die um eine friedliche Lösung bemüht sind. Thomas und Michaela hingegen sind immer auf Konfrontation aus und manchmal bin ich mir nicht sicher, ob sie sich einfach nicht leiden können, oder sie sich insgeheim sogar anziehend finden.

Thomas und Michaela sehen sich eine Weile finster an, bevor Michaela schließlich ihre Arme fallenlässt und seufzend den Atem ausstößt.

„Von mir aus“, stimmt sie schließlich zu, auch wenn es ihr offensichtlich ziemlich schwerfällt.

Als sie ihre Gegenwehr aufgibt, lenkt auch Thomas ein und stimmt meinem Vorschlag zu.

„Dann hoffen wir mal, dass Herbert sagt, die Fälle haben nichts miteinander zu tun“, murmelt er.

„Wisst ihr schon wie weit Herbert mit der Untersuchung ist?“, hake ich nach.

„Das wollten wir gerade rausfinden“, antwortet Erik.

„Dann kommen wir doch gleich mit“, schlägt Michaela vor.

Thomas Miene spricht Bände, als sie ihn grinsend ansieht. Er ist von ihrem Vorschlag nicht begeistert.

„Wenn es sein muss“, brummt er.

Als wir bei Herbert ankommen, zieht er seine Augenbrauen in die Stirn.

„Seid ihr heute im Rudel unterwegs?“, fragt er überrascht.

„Gezwungenermaßen“, knurrt Thomas und wirft Michaela einen Seitenblick zu, den sie mit gerecktem Kinn erwidert.

„Liegt das etwa daran, dass es sich bei den beiden Mordfällen vermutlich um den gleichen Täter handelt?“, fragt er.

Wie es scheint ist Herbert zum gleichen Schluss wie wir gekommen.

„Dann stimmt es also?“, hake ich nach.

Thomas rollt mit den Augen, denn ihm gefällt diese Entwicklung gar nicht. Nun muss er mit uns gemeinsam an dem Fall arbeiten und das kann er wohl gar nicht leiden. Jetzt bleibt ihm aber nichts anderes mehr übrig, denn immerhin haben wir es zuvor so abgemacht.

Wir versammeln uns um die Metallliege, auf der sich das Opfer befindet. Herbert schlägt das Tuch zurück, mit der die Leiche abgedeckt ist. Sofort fallen mir die Würgemale am Hals der jungen Frau auf. Ich bin zwar kein Gerichtsmediziner, aber sogar ich bemerke, dass die Male denen unseres Opfers definitiv ähneln.

„Die Größe der Male deuten darauf hin, dass der Täter bei beiden Frauen identisch sein könnte."

Bei seiner Aussage zeigt er auf die Male, bei denen man sogar einzelne Fingerabdrücke erkennen kann.

„Gibt es denn bei dieser Tat Hinweise auf den Täter?", hake ich hoffnungsvoll nach.

„Bei beiden Taten konnte ich Lederspuren an der Haut feststellen. Der Täter hat offensichtlich beide Male Handschuhe getragen", erklärt er uns.

„Verdammt", flucht Michaela.

Jetzt haben wir schon zwei Leichen und wie es aussieht fehlen wieder eindeutige Hinweise auf den Täter. Das kann doch nicht wahr sein!

„Wie sollen wir denn unter diesen Umständen die Mordfälle lösen?", frage ich genervt.

„Keine Sorge, jetzt sind wir ja dabei", entgegnet Erik hochmütig. „Da lösen wir beide Fälle doch im Handumdrehen."

„Na dann kann ja nichts mehr schiefgehen“, murmelt Michaela zweifelnd.

„Da könnt ihr mal lernen, wie man effektiv Fälle löst“, wirft Thomas mit stolz geschwellter Brust ein.

„Ich glaube vielmehr, ihr wollt euch von uns abschauen, wie gute Polizeiarbeit funktioniert“, erwidert Michaela.

„Es wird sich ja herausstellen, wer die Nase vorne hat“, sagt Thomas herausfordernd.

„Wir wollten doch zusammenarbeiten und nicht gegeneinander.“

Ich sehe die drei vorwurfsvoll an, denn wie es scheint, haben sie meinen Vorschlag missverstanden. Es war nicht so gemeint, dass es eine Challenge werden soll.

Meine finstere Miene scheint sie schließlich umzustimmen.

„Ja, ja schon klar“, brummt Michaela.

Auch Erik nickt zustimmend, während Thomas lediglich mit den Schultern zuckt. Bei ihm bin ich mir nicht so sicher, ob er den Sinn von unserer Teamarbeit wirklich verstanden hat. Aber das wird sich ja bald herausstellen.

VII

Elisabeth

„Dann fahre ich mit Erik zur Familie, und ihr beide übernehmt ihre Arbeitskollegen“, schlägt Thomas vor.

„Warum müssen wir die Kollegen übernehmen?“, fragt Michaela vorwurfsvoll.

Ich verstehe gar nicht warum sie sich jetzt darüber aufregt. Mir ist es jedenfalls lieber den Kollegen die schlechte Nachricht zu überbringen, als der Familie. Ich verzichte gerne darauf eine Mutter zum Mord ihrer Tochter zu befragen.

„Warum nicht?“, entgegnet Thomas stirnrunzelnd.

Wie es scheint versteht er Michaelas Aufregung auch nicht.

„Läuft das also so?“, fragt sie aufgebracht. „Ihr halst uns die meiste Arbeit auf und wollt dann am Erfolg gleichermaßen beteiligt sein?“

Ich gestehe, dass ich Michaelas Gedankengänge im Moment nicht folgen kann. Vermutlich sucht sie einfach nur etwas, worüber sie sich mit den Jungs streiten kann.

„Was soll denn jetzt der Mist?“, ruft nun Thomas aufgebracht. „Ihr wolltet doch mit uns zusammenarbeiten und jetzt fangt ihr schon an zu motzen, bevor es überhaupt losgeht."

„Ich habe nicht gemotzt", werfe ich ein.

„Aber sie!"

Er deutet mit dem Finger auf Michaela.

„Man deutet mit dem Finger nicht auf Leute", sagt Michaela vorwurfsvoll und funkelt ihn böse an. „Aber mit Anstand hast du es ja nicht so."

„Was haltet ihr davon, wenn wir die Aufteilung anders machen?", schaltet sich nun Erik ein, der sich bisher aus der Diskussion rausgehalten hat.

„Willst du ihnen jetzt alles durchgehen lassen?", knurrt Thomas.

„Ich dachte mehr daran, dass wir die Teams neu einteilen, dann kann sich niemand benachteiligt fühlen."

Eriks Vorschlag hört sich gar nicht schlecht an, auch wenn ich noch nicht weiß, wie Michaela und Thomas darauf reagieren werden. Zu seiner Unterstützung nicke ich zustimmend, was mir einen finsteren Blick von Michaela einbringt.

„Ihr beide fährt zu der Familie, während Liesl und ich die Kollegen befragen."

Sofort erkennt er seinen Fauxpas und verbessert sich.

„Elisabeth und ich meinte ich natürlich."

„Will der Kerl sich jetzt bei dir einschleimen oder was?", flüstert Michaela mir leise zu.

„Nein der Kerl will sich nicht einschleimen, sondern nur eine Lösung finden, mit der alle zufrieden sind!“, erwidert Erik vorwurfsvoll.

Natürlich hat Michaela nicht so leise gesprochen, dass Erik es nicht gehört hätte. Sie wollte vielmehr, dass er es mitbekommt, weil sie offensichtlich wieder ein bisschen Konfrontation sucht. Manchmal ist sie einfach ein bisschen streitsüchtig. Vor allem, wenn es um unsere Kollegen geht. Allen voran natürlich Thomas, doch zur Not stichelt sie auch gegen Erik.

„Hast du etwa Angst neben mir nicht bestehen zu können?“, fragt Thomas sie herausfordernd.

„Ich neben dir?“, erwidert sie mit einem zynischen Lachen. „Das ist ja wohl eher umgekehrt.“

„Na dann abgemacht“, sagt Erik zufrieden und nutzt die Chance. „Komm Lies … Elisabeth, wir fahren gleich los zu diesem Inkassobüro, bei der unser Opfer gearbeitet hat!“

Bevor Michaela noch Einwände hervorbringt, folge ich Erik nach draußen. Natürlich entgeht mir Michaelas vorwurfsvoller Blick nicht, doch vielleicht tut es den beiden ganz gut, mal ein paar Stunden miteinander zu arbeiten. So wie die sich immer zanken hilft womöglich eine direkte Konfrontation am meisten. Am Ende stellen sie noch fest, dass sie gar nicht so verschieden sind.

Genau das ist nämlich der springende Punkt. Thomas und Michaela sind sich charakterlich ziemlich ähnlich, was wohl auch der Grund dafür ist, dass sie immer mal wieder aneinandergeraten. Jeder von ihnen möchte der Beste sein und sie lieben es sich mit anderen zu messen. Jetzt haben sie die Gelegenheit dazu und ich bin schon gespannt, wie das ausgehen wird.

„Hoffentlich bringt einer nicht den anderen um“, sage ich zu Erik, als wir im Wagen sitzen.

Er startet den Motor und legt den Gang ein, bevor er mich grinsend ansieht.

„Ich bin wirklich gespannt, was sie nach ihrer Tour zu erzählen haben.“

„Falls Michaela Thomas nicht umbringt, wird sie vermutlich mir den Hals umdrehen, weil ich das zugelassen habe“, seufze ich.

„Ganz ehrlich, die beiden waren nicht mehr zu ertragen. Daher habe ich den Vorschlag gemacht. Sollen sie sich doch die Köpfe einschlagen, aber uns da rauslassen.“

Ich nicke zustimmend.

„Keine Ahnung, warum das in letzter Zeit immer mehr eskaliert“, murmle ich schulterzuckend. „Man könnte fast meinen, sie haben einen persönlichen Streit.“

„Oder sie stehen aufeinander und geben es nur nicht zu“, witzelt Erik.

Ich lache laut auf, doch dann erkenne ich, dass Erik dies keinesfalls witzig gemeint hat. Ungläubig starre ich ihn an und schüttle den Kopf.

„Nein, das kann ich mir nicht vorstellen.“

Er zuckt amüsiert die Schulter.

„Wer weiß!“

Als Erik das Auto vor dem Bürogebäude parkt, stelle ich mir Michaela in einer Beziehung mit Thomas vor und beschließe, dass dies absolut unglaublich ist. Ich kann mir nur sehr schwer vorstellen, dass meine beste Freundin überhaupt an einer Beziehung interessiert ist und schon gar nicht mit einem Kollegen. Vor allem nicht mit Thomas.

Was Erik da von sich gibt, ist völliger Schwachsinn, daher verschwende ich keinen weiteren Gedanken daran.

Nun sollte ich mich auf die Arbeit konzentrieren. Daher sortiere ich meine Gedanken. Wir betreten das Bürogebäude und ich drücke den Aufzugknopf für den zweiten Stock. Dort befindet sich das Inkassobüro, in dem das zweite Opfer gearbeitet hat. Mit etwas Glück kann uns einer von ihren Kollegen weiterhelfen.

Unsere nächste Anlaufstelle sind die Freunde, deren Namen allerdings Michaela und Thomas erst noch von den Eltern in Erfahrung bringen müssen. Ich bin wirklich froh, dass ich mit Erik hier bin und mir der Familienbesuch erspart bleibt.

Erik stellt uns vor und bittet als erstes die direkte Kollegin des Opfers um ein Gespräch. Offensichtlich hat die junge Frau bereits von dem Tod ihrer Arbeitskollegin erfahren, denn sie wirkt sichtlich niedergeschlagen und traurig.

Bei unserer Frage, ob sie wusste mit wem das Opfer am Tatabend unterwegs war, schüttelt sie den Kopf.

„Wir haben uns zwar sehr gut verstanden, aber privat hatten wir nicht so viel miteinander zu tun. Dafür war der Altersunterschied einfach zu groß", antwortet sie schulterzuckend.

Die Frau, welche uns gerade in einem Besprechungsraum gegenübersitzt, ist etwa vierzig Jahre alt und vermutlich hat sie wirklich andere Interessen, als eine junge Frau Anfang zwanzig.

„Hat sie mal was erwähnt, dass sie jemanden kennengelernt hat?", hake ich nach, in der Hoffnung vielleicht etwas zu erfahren, das uns zumindest einen kleinen Anhaltspunkt gibt.

Bisher wissen wir ja noch nicht einmal mit Sicherheit, dass es sich bei unseren Mordfällen wirklich um ein und denselben Täter handelt.

„Ja, sie hat tatsächlich vor zwei oder drei Tagen erwähnt, dass sie einen netten Mann kennengelernt hat, mit dem sie sich eine Beziehung sehr gut vorstellen könnte", antwortet die Kollegin stirnrunzelnd.

„Sie wissen nicht zufällig, wer der Mann war oder wie er aussah?", fragt Erik mit einem hoffnungsvollen Unterton in der Stimme.

„Nein, tut mir leid", antwortet sie kopfschüttelnd. „Sie meinte, das wäre noch nicht spruchreif. Sie wollte abwarten, wie es sich entwickeln würde."

Ich wechsle mit Erik einen wissenden Blick, denn wir sind uns wohl einig, dass auch der Rest der Belegschaft uns keine hilfreichen Antworten liefern kann, wenn schon die direkte Kollegin dahingehend nichts weiß. Das wird dann wohl eine kurze Fragerunde mit wenig Aussicht auf Erfolg.

VIII

Michaela

Warum habe ich mich auf diesen Mist überhaupt eingelassen?

Ich sollte mit Elisabeth jetzt bei der Arbeitsstelle des zweiten Opfers sein. Stattdessen muss ich mit Thomas der Familie einen Besuch abstatten. Was hat mich nur geritten, dass ich mich über die Arbeitsaufteilung beschwert habe?

Ich mag es doch eigentlich gar nicht, enge Familienmitglieder über den Tod ihres geliebten Menschen zu befragen. Aber Thomas macht mich mit seiner überheblichen Art so rasend, dass ich manchmal wirklich dumme Dinge tue oder sage.

„Lass lieber mich reden!“

Bei Thomas Worten sehe ich ihn ungläubig an. Hat er sie noch alle?

„Ach und ich soll dann nur nett lächeln und gut aussehen, oder wie?“, frage ich zynisch.

„Warum nicht?“, sagt er mit einem fetten Grinsen. „Das kannst du doch recht gut.“

„Treib es nicht zu weit!“, erwidere ich und sehe ihn warnend an.

„Also willst du die Befragung übernehmen?“, lenkt er schließlich ein.

„Macht ihr beide das immer so?“

Bei meiner Frage runzelt er die Stirn.

„Was meinst du?“

„Na, dass nur einer von euch beiden die Arbeit macht und der andere nur körperlich anwesend ist.“

„Natürlich nicht, aber Erik und ich arbeiten schon so lange zusammen, dass wir uns ohne Worte verstehen. Ich habe ja keine Ahnung, wie du so vorgehst“, erklärt er und meint es offenbar ernst.

„Dann sollten wir das jetzt einfach ausprobieren“, sage ich entschlossen und drücke auf den Klingelknopf.

Es dauert eine Weile bis uns die Tür geöffnet wird. Vor uns steht eine tieftraurige Frau, der man deutlich ansieht, wie sehr der Tod ihrer Tochter sie mitnimmt. Thomas stellt uns vor und erklärt ihr, warum wir hier sind.

Nickend bittet sie uns herein. Sie wirkt etwas gefasster, als die Mutter des ersten Opfers, was vermutlich daran liegt, dass wir ihr nicht gerade erst von dem Mord erzählt haben. Die Kollegen haben die Überbringung der schrecklichen Nachricht schon für uns übernommen. Der jetzige Besuch dient nur noch der Aufklärung.

Sie führt uns in die Küche und setzt sich mit uns an den Tisch.

„Können Sie uns denn sagen, mit wem Ihre Tochter an dem Abend unterwegs war?“, frage ich sie.

Thomas Vorschlag, nur einer sollte die Befragung durchführen ist völliger Quatsch. Wenn er meint, kann er sich ja zurückhalten. Ich werde das nicht tun.

„Sie wollte sich mit einem Mann treffen, den sie kürzlich kennengelernt hat“, antwortet die Frau. Bevor sie weiterspricht, lösen sich Tränen aus ihren Augenwinkeln. „Ich habe ihr noch vorgeschlagen, mir den Mann vorzustellen, doch sie wollte damit noch warten, bis sie ihn besser kennen würde.“

„Können Sie uns denn irgendwelche Informationen zu dem Mann geben. Woher kannte Ihre Tochter ihn? Oder vielleicht einen Namen oder eine Ortsangabe, wo die beiden sich kennengelernt haben?“

Thomas bombardiert die arme Frau mit Fragen. Offensichtlich hat er sich dazu entschlossen, nicht nur als stiller Zuhörer zu fungieren, was angesichts seines Verhaltens vielleicht besser gewesen wäre.

„Leider nicht. Ich weiß nur, dass sie ihn zufällig irgendwo beim Einkaufen kennengelernt hat.“

Das macht die Sache natürlich viel schwieriger, denn da kommt alles Mögliche in Frage. Da auch das Handy des zweiten Opfers unauffindbar ist und wir davon ausgehen, dass der Täter es ebenfalls mitgenommen hat, erschwert das unsere Arbeit ungemein.

Auch eine Ortung ist fehlgeschlagen, was wohl daran liegt, dass der Täter die Telefone ausgeschaltet oder zerstört hat. Wer auch immer die beiden Frauen umgebracht hat, es war überaus gut geplant und ich befürchte, dass er mit dem Töten weitermachen könnte, wenn wir ihn nicht bald erwischen.

Die Vorstellung, dass er noch mehr junge Frauen auf diese grausame Weise aus dem Leben reißt, macht mich überaus wütend. Zuerst nähert er sich ihnen und erschleicht sich ihr Vertrauen, bevor er sie aufs Grausamste ermordet.

„Könnten Sie uns bitte die Kontaktdaten der Freunde Ihrer Tochter geben?“, hakt Thomas nach, der offensichtlich zum gleichen Schluss gekommen ist wie ich.

Nämlich, dass die Mutter uns keine Informationen über den Täter geben kann.

„Ja, natürlich“, stimmt sie zu und greift zu Zettel und Stift.

„Sie wissen auch nicht in welcher Gegend sich das Geschäft des ersten Treffens befunden hat?“, frage ich mit einem letzten Schimmer Hoffnung.

„Nein, aber vorzugsweise ist meine Tochter in den Riem Arcaden einkaufen gegangen“, erwidert sie.

Zumindest ein kleiner Hinweis, wo wir mit unserer Suche beginnen sollten.

Etwa eine Stunde später verlassen wir die Wohnung der Mutter unseres zweiten Opfers und machen uns auf den Rückweg zum Revier. Viel haben wir ja nicht herausgefunden aber zumindest haben wir mit den Riem Arcaden einen Anhaltspunkt erhalten.

„Richtig erfolgreich war unsere Befragung ja nicht“, sage ich zu Thomas, als wir zum Auto gehen.

„Vielleicht waren ja Erik und die Liesl erfolgreicher“, entgegnet er.

„Du weißt schon, dass Elisabeth es hasst, wenn ihr sie so nennt?“, frage ich ihn vorwurfsvoll.

Thomas sieht mich vorwurfsvoll an.

„Ich mag es auch nicht, wenn man uns als Ernie und Bert bezeichnet.“

„Elisabeth ist es nicht, die euch so nennt“, erwidere ich schmunzelnd.

„Mir ist schon klar, dass du die Strippenzieherin bist.“

Thomas schüttelt mit rollenden Augen den Kopf.

Es ist nicht zu übersehen, dass er mich vorwurfsvoll ansieht und ihm so einiges auf der Zunge liegt, was er mir sagen möchte. Ich rüste mich für eine weiter Konfrontation, doch Thomas hält sich zurück.

Stattdessen sperrt er das Auto auf und steigt ein. Ich folge ihm und setze mich auf den Beifahrersitz. Natürlich würde ich es ihm gegenüber niemals zugeben, aber er hat wirklich gezielte und richtige Fragen gestellt. Auch unsere Zusammenarbeit lief für meine Begriffe gar nicht so schlecht. Allerdings ist sein Verhalten nach wie vor sehr überheblich.

„Vielleicht können wir ja Gemeinsamkeiten mit dem ersten Fall finden, bezüglich der Riem Arcaden", schlägt Thomas vor.

„Ja, das ist wohl bisher der einzige Hinweis, den wir auf den Täter haben", stimme ich ihm zu.

Als wir zurück im Revier ankommen, ist Elisabeth mit Erik noch nicht zurück. Vermutlich brauchen sie etwas mehr Zeit, um die ganzen Arbeitskollegen zu befragen.

„Ich hole mir einen Kaffee, willst du auch einen?", fragt Thomas mich und ich bin überrascht über so viel Fürsorge und Freundlichkeit.

Allerdings sollte ich das Angebot annehmen, denn so schnell wird das vermutlich nicht mehr vorkommen.

„Mit Milch und Zucker, bitte", entgegne ich nickend.

IX

Elisabeth

Zurück im Revier werden wir schon von Michaela und Thomas erwartet. Die beiden trinken gemütlich Kaffee und überraschenderweise scheinen sie einigermaßen gut miteinander auszukommen. Vielleicht war es ja eine wirklich gute Idee die beiden gemeinsamen arbeiten zu lassen.

„Und was ist mit unserem Kaffee?“, frage ich laut, als wir das Büro betreten.

„Steht in der Küche“, antwortet Thomas trocken, bevor er noch einen Schluck von seiner Tasse nimmt.

„Ich hole uns welchen“, bietet Erik an und bevor ich etwas dazu sagen kann, wendet er sich schon ab und verschwindet durch die Tür.

„So ein Gentleman“, sagt Michaela herausfordernd und zwinkert mir zu.

„Du willst dich jetzt nicht wirklich beschweren“, erwidert Thomas und funkelt sie vorwurfsvoll an. „Wer hat dir denn deinen Kaffee geholt?“

„Das war ja jetzt auch gar kein Vorwurf in deine Richtung“, entgegnet Michaela verteidigend.

„Hat sich aber so angehört“, knurrt er und nimmt einen weiteren Schluck von seiner Tasse.

„Gott, er ist echt schrecklich anstrengend“, flüstert Michaela mir zu, wobei Thomas das auch hören kann.

„Dito“, brummt er und sieht sie grimmig an.

„Habt ihr denn etwas rausgefunden, was uns weiterhelfen könnte?“, frage ich, um von ihren Zankereien abzulenken.

Offensichtlich habe ich mich geirrt und ihr Verhältnis hat sich in keiner Weise geändert.

„Die Mutter wusste auch nichts, über den Kerl, den das Opfer kürzlich kennengelernt hat. Einzig, dass sie ihn beim Einkaufen getroffen hat und laut Aussage der Mutter kaufte die Tochter für gewöhnlich in den Riem Arcaden ein“, erzählt sie mir von ihren Erkenntnissen. „Und bei euch?“

„Die Arbeitskollegen wissen auch nicht wer der Mann war.“

Als ich ihre Frage beantworte, verzieht Thomas missmutig den Mund. Er hat wohl gehofft, dass wir mehr erreicht hätten. Es ist wie verhext. Der Kerl hat schon zwei Frauen umgebracht und uns fehlt trotzdem jede Spur.

„Hoffentlich tötet der Mörder nicht weiter“, brummt Thomas, als Erik mit zwei Tassen Kaffee den Raum betritt.

„Wenn wir nicht bald herausfinden, wer er ist und ihn aufhalten, dann ist es gut möglich, dass der Mistkerl ungestraft weitermacht“, wirft Erik aufgebracht ein.

„Wie gehen wir dann weiter vor?“, hake ich nach. „Das Einzige was wir wissen ist, dass das zweite Opfer ihn vielleicht in den Riem Arcaden getroffen hat. Aber wir wissen alle, wie viele Leute sich dort tummeln und ohne jeglichen Hinweis auf den Täter, ist das eine Suche nach der Nadel im Heuhaufen.“

„Und nicht zu vergessen, dass er vielleicht gar nicht dort ist. Wenn wir nicht mehr haben, brauchen wir da gar nicht hinfahren“, erwidert Michaela.

„Zumindest können wir mittlerweile davon ausgehen, dass es sich um eine Masche des Mörders handelt, die Frauen in der Öffentlichkeit anzusprechen“, wirft Thomas ein. „Auch die Angehörigen des ersten Opfers haben erwähnt, dass sie den Mann unterwegs kennengelernt hat.“

„Unterwegs ist aber ein sehr weitläufiger Begriff. Keiner konnte uns sagen, ob sie ihn vielleicht auch in den Arcaden getroffen hat“, erwidert Michaela.

„Also, gibt es Vorschläge?“, frage ich in die Runde, denn im Moment schauen alle recht ratlos drein.

Als ich nach Hause komme, werde ich nicht nur von Leni und meinem Mann erwartet, zu Besuch sind auch noch meine Schwiegereltern, wie immer natürlich unangekündigt. Ich kann das absolut nicht leiden. Nicht, dass ich etwas gegen ihren Besuch hätte. Es stört mich nicht im Geringsten, wenn sie auf eine Tasse Kaffee vorbeikommen, vorzugsweise noch mit einem leckeren Kuchen im Gepäck, denn backen kann meine Schwiegermutter. Aber kann man da nicht kurz vorher Bescheid geben.

Selbst ein kurzer Anruf am Tag zuvor würde mir reichen, damit ich mich darauf einstellen kann. Manchmal glaube ich ja fast, sie machen das mit Absicht. Vermutlich wollen sie prüfen, ob ich auch bei unangekündigtem Besuch immer alles sauber und ordentlich habe.

„Hallo, wir haben ja Besuch“, sage ich, als ich die Küche betreten.

Ich kann nicht verhindern, dass ich mich nicht so euphorisch anhöre, wie es vielleicht von mir erwartet wird. Andererseits sollen sie schon ein bisschen bemerken, dass mich ihr Verhalten nervt.

„Wir waren gerade in der Nähe und dachten, wir schauen mal vorbei und besuchen unsere Enkelin. Das ist doch wohl in Ordnung oder?“

Mir entgeht nicht der vorwurfsvolle Blick meiner Schwiegermutter. Sie weiß ganz genau, dass ich es gerne sehen würde, wenn sie ihren Besuch ankündigt. Das macht sie ganz sicher mit voller Absicht.

Es ist ja nicht so, dass ich meine Schwiegereltern nicht leiden kann. Mein Schwiegervater ist völlig in Ordnung. Ein herzensguter Mensch, den man einfach gernhaben muss. Aber die Mutter meines Mannes kann schon ein Drachen sein. Ein anderer Mann hätte sie vermutlich schon längst erschlagen oder sich scheiden lassen.

„Natürlich ist das in Ordnung. Aber wenn ich gewusst hätte, dass ihr kommt, hätte ich was zu essen besorgen können. Ich glaube unser Kühlschrank ist ziemlich leer.“

Wie könnte es auch anders sein. Genau wenn die beiden unangekündigt auftauchen, habe ich nicht eingekauft. Eigentlich wollte ich das ja heute noch nach der Arbeit machen, aber dann habe ich mich an die paar Scheiben Toast erinnert, die noch im Brotkasten liegen und dringend gegessen gehören, bevor sie anfangen zu schimmeln.

Etwas Schinken und Scheiblettenkäse ist auch noch im Kühlschrank und eine Dose Ananas sollte sich in der Speisekammer finden lassen. Toast Hawaii für drei Personen wäre mit den paar Sachen noch rausgesprungen. Aber für fünf Personen reicht es niemals. Ganz zu schweigen, dass für meine Schwiegermutter das kein angemessenes Essen wäre, um ihren Sohn und ihre Enkelin gesund und nahrhaft zu ernähren. Ich bezweifle, dass sie schon jemals in ihrem Leben Toast Hawaii gemacht oder gegessen hat.

„Als gute Hausfrau sollte der Kühlschrank nie ganz leer werden“, sagt sie mit einem freundlichen Lächeln.

Doch machen wir uns nichts vor, ihre Aussage ist ein glatter Seitenhieb auf mich. Es ist ihr sowieso ein Dorn im Auge, dass ich so viel arbeiten gehe und nicht viel mehr Zeit mit meiner Tochter und den

Haushaltstätigkeiten verbringe. Sicherlich hätte sie sich eine andere Frau für ihren Sohn gewünscht. Das hat sie auch schon das ein oder andere Mal angedeutet.

Glücklicherweise springt mein Mann mir in solchen Situationen immer zur Seite. Das ist nicht nur Glück für mich, sondern auch für ihn. Ansonsten hätte ich ihn erst gar nicht geheiratet, denn es gibt nichts Schlimmeres als Mamabubis, die mit dreißig Jahren noch am Rockzipfel ihrer Mutter hängen.

„Wir lassen uns einfach Pizza kommen“, schlägt er daher vor.

Für solche Situationen hat mein Mann einen sechsten Sinn und er ist wirklich gut darin, diese zu entschärfen, bevor sie eskalieren können.

„Aber Pizza ist doch kein nahrhaftes Essen“, wirft meine Schwiegermutter kopfschüttelnd ein.

Wenn sie wüsste, dass Hawaiitoast auf dem Speiseplan gestanden hatte, dann würde sie jetzt wohl nicht nur den Kopf schütteln, sondern auch tadelnd mit der Zunge schnalzen.

„Oh ja, Pizza“, ruft Leni und klatscht in die Hände.

Dem Charm meiner kleinen Prinzessin kann sich auch meine Schwiegermutter nicht entziehen. Somit greift mein Mann zum Telefon und ordert Pizza für alle.

X

Elisabeth

„Kann es sein, dass du heute schlechte Laune hast?“, fragt Michaela mich, während ich auf meinen Bildschirm starre.

„Wie kommst du denn darauf?“, erwidere ich und sehe sie an.

„Na ja, du hast heute noch fast nichts gesagt und siehst drein, wie drei Tage Regenwetter“, antwortet sie. „Wenn es wegen unserem Fall ist, wir haben einen Aufruf rausgegeben. Vielleicht meldet sich ja bald jemand, der uns einen Hinweis auf den Kerl geben kann, der junge Frauen im Einkaufscenter anspricht und sich mit ihnen verabreden möchte.“

„Es ist nicht der Fall“, entgegne ich kopfschüttelnd.

Natürlich nervt es mich gewaltig, dass wir nicht so vorwärtskommen, wie ich mir das vorstelle, doch das ist nicht der Grund für meine schlechte Laune.

„Sondern?“, hakt Michaela nach, weil sie mich einfach zu gut kennt.

„Meine Schwiegereltern waren gestern zu Besuch“, gestehe ich schließlich.

Keine Ahnung, warum mich dieser Umstand so nervt, aber ich kann nicht anders, als mich darüber aufzuregen, dass sie einfach immer vor der Tür stehen und meine Schwiegermutter mich auch noch mit Seitenhieben auf meine, ihrer Meinung nach, fehlende Ehefrauenfähigkeiten traktiert.

Dabei habe ich ja auch nie behauptet eine perfekte Hausfrau zu sein und nie auch nur im Entferntesten erwähnt, dass ich vorhabe eine längere Pause in meinem Job einzulegen, um in der Tätigkeit als Mutter und Hausfrau voll und ganz aufzugehen. Das war von vorneherein mit meinem Mann so besprochen und ausgemacht. Nur der Schwiegerdrache regt sich immer wieder darüber auf. Dabei geht es sie gar nichts an!

Das ist einzig und alleine die Sache von meinem Mann und mir.

Stefan hat ihr das ja auch schon des Öfteren gesagt, denn ich kann mich wirklich nicht darüber beschweren, dass er nicht hinter mir steht. Aber das geht bei ihr zu einem Ohr rein und zum anderen raus.

„Und das wieder einmal unangekündigt, habe ich recht?“, fragt sie mit einem wissenden Grinsen.

Ich nicke zustimmend und sie verdreht die Augen.

„Warum du deiner Schwiegermutter nicht endlich eine klare Ansage machst verstehe ich nicht. Glaub mir, die gehört zu den Leuten, die es anders nicht verstehen.“

„Stefan hat sie schon mehrmals gebeten vorher anzurufen."

Bei meinen Worten schüttelt sie den Kopf.

„Das hilft doch nichts, sonst würde sie doch nicht weiter einfach auftauchen. Bei der musst du ganz klare Grenzen setzen."

„Und wie soll ich das machen?"

„Wenn sie das nächste Mal unangekündigt vor der Tür steht, dann lässt du sie einfach nicht rein."

Bei Michaelas Aussage runzle ich die Stirn.

„Das kann ich doch nicht machen."

„Natürlich kannst du", erwidert sie. „Sag ihr, es passt gerade nicht und sie soll beim nächsten Mal kurz vorher durchrufen."

„Ich kann sie doch nicht einfach grundlos abweisen."

„Dann lass dir eine Ausrede einfallen", entgegnet sie und wirft dabei die Hände in die Luft, als könnte sie meine Einwände gar nicht verstehen.

Kann sie ja auch nicht!

Immerhin hat sie keine Schwiegereltern und muss sich mich solchen Problemen nicht rumschlagen.

„Sag doch einfach, dass die Katze krank ist", ruft sie aufgebracht.

„Wir haben gar keine Katze."

„Das war ja auch nur ein Beispiel, Herrgott!"

Unsere beiden Kollegen hören schmunzelnd zu und amüsieren sich sichtlich über meine Probleme.

Als das Telefon klingelt, nehme ich den Hörer ab und bin dankbar für die Abwechslung.

„Es hat sich eine junge Frau zu eurem Aufruf gemeldet“, sagt die Kollegin am anderen Ende der Leitung. „Soll ich sie durchstellen?“

„Natürlich“, entgegne ich hoffnungsvoll und mache den Lautsprecher an, so dass Michaela, sowie Ernie und Bert mithören können.

Ich melde mich mit meinem Begrüßungstext, der nicht nur meinen Nachnamen, sondern auch die Polizeistation preisgibt. Anschließend begrüße ich die Frau und frage sie zuerst nach ihrem Namen.

„Frau Heine, Sie haben sich auf unseren Aufruf gemeldet?“

Ich lasse die Tatsache wie eine Frage klingen. Anschließend warte ich, bis sie sich dazu äußert.

„Ich bin mir nicht sicher, ob es was zu bedeuten hat, aber ich war gestern Nachmittag in den Riem Arcaden beim Einkaufen und da hat mich ein Mann angesprochen. Wir haben uns für morgen Abend verabredet, aber jetzt bin ich mir nicht mehr so sicher, ob das so eine gute Idee ist“, erklärt sie.

„Waren Sie alleine unterwegs und wurden von dem Mann angesprochen?“, hake ich nach.

„Ja, aber er war ganz nett und hat mich auf einen Kaffee eingeladen. Wir haben uns über eine Stunde sehr gut unterhalten und anschließend Handynummern ausgetauscht.“

„Frau Heine, es ist sehr gut, dass Sie sich bei uns gemeldet haben“, erwidere ich. „Könnten Sie bei uns vorbeikommen, damit wir alles genau durchsprechen können und sie uns den Mann genau beschreiben können?“

Außerdem bin ich gespannt, ob Frau Heine den anderen beiden Opfern äußerlich ähnlichsieht. Meistens bevorzugen solche Täter einen bestimmten Typ Frau und das allein könnte uns schon einen Hinweis darauf geben, dass sie womöglich mit dem Täter Kontakt hatte.

Außerdem würde uns die Handynummer des Mannes schon weiterhelfen, um ihn genau zu durchleuchten, ob er überhaupt als Täter für uns in Frage kommt.

„Ja natürlich. Wann soll ich denn kommen?“, hakt sie nach.

„Wenn Sie Zeit haben gerne sofort“, schlage ich ihr vor.

„Okay, dann mache ich mich gleich auf den Weg.“

Als ich das Gespräch beende, sehe ich in den Gesichtern meiner Kollegen einen Hoffnungsschimmer. Auch ich habe das Gefühl, dass wir vielleicht endlich eine richtige Spur zum Täter haben.

„Da bin ich ja mal gespannt, was sie uns zu sagen hat“, sagt Michaela.

„Vielleicht wurde sie auch einfach nur von einem ganz harmlosen Typen angesprochen, der absolut nichts mit den Morden zu tun hat und die Frau hat einfach nur Schiss, weil sie den Aufruf gelesen hat“, wirft Thomas ein.

„Vielleicht ist es aber auch genau der Typ, den wir suchen und der die zwei jungen Frauen brutal ermordet hat“, erwidert Erik.

„Zumindest ist es ein Hinweis“, sage ich mit einer Spur Vorwurf in der Stimme.

„Und dem sollten wir auf jeden Fall nachgehen!“, stimmt Michaela mir zu.

„Also drücken wir die Daumen, dass die Frau nicht nur ihren Verehrer von uns überprüfen lassen möchte, sondern dass sie tatsächlich einen Hinweis für uns hat, mit dem wir etwas anfangen können“, brummt Thomas.

XI

Michaela

Ich kann es kaum erwarten, dass die Frau endlich hier auftaucht. Vielleicht sollte ich mich nicht so an die Hoffnung klammern, dass dies die Kehrtwende in diesem Fall sein könnte, die ich so sehr herbeisehne. Vielleicht ist ja alles nur ein harmloser Flirt gewesen und dieser Mann hatte lediglich ehrenhafte Absichten. Schließlich ist nicht jeder Mann gleich ein Mörder.

Endlich ist es soweit, und Frau Heines Ankunft wird von unserer Kollegin angemeldet. Als sie den Raum betritt, fällt mir sofort auf, dass sie eine klare Ähnlichkeit mit den beiden Opfern hat. Hoffnung steigt in mir auf, dass wir endlich auf dem richtigen Weg sind.

„Frau Heine, vielen Dank, dass Sie gekommen sind“, sagt Elisabeth und schiebt ihr einen Stuhl zurecht.

„Ich weiß wirklich nicht, ob ich hier viel Wind um Nichts mache. Aber ich habe so ein komisches Gefühl im Bauch, was die Begegnung mit Edward betrifft“, entgegnet sie.

„Es ist nur verständlich, dass Sie Fremden gegenüber vorsichtig sind. Vor allem, wenn man bedenkt, dass sich da draußen womöglich ein Serienmörder rumtreibt“, sagt Thomas, wobei er dabei für meinen Geschmack viel zu dramatisch klingt.

Wir wollen der armen Frau schließlich keine Angst machen. Zumindest arbeite ich nicht mit solchen Mitteln. Aber wie könnte ich von Thomas auch was anderes erwarten!

Ich sehe ihn tadelnd an und schüttle kaum merklich mit dem Kopf. Im Gegenzug zuckt er mit den Schultern und macht eine Grimasse. Wie so oft versteht er seinen Fehler nicht. Die Zusammenarbeit mit ihm verlangt mir einiges an Nerven ab. Es ist beinahe wie eine Beziehung, nur dass ich mir diesen Partner nicht selber ausgesucht habe.

Er wurde mir gewissermaßen aufgedrängt und das habe ich unter anderem auch meiner Kollegin und Freundin Elisabeth zu verdanken. Das werde ich ihr so schnell nicht verzeihen und vermutlich ewig vorhalten.

„Haben Sie auch den Nachnamen von diesem Edward?“, frage ich die junge Frau.

„Nein, wir haben nur die Vornamen ausgetauscht“, antwortet sie.

„Aber Sie haben erwähnt, dass Sie seine Handynummer haben“, wirft Elisabeth ein.

„Ich habe ihm lediglich meine Nummer gegeben. Er wollte mir heute schreiben, wann und wo wir uns treffen.“

„Dann haben Sie bisher noch keine Kontaktdaten von Edward?“, hake ich nach.

Sie schüttelt den Kopf.

„Wann wollten Sie sich denn mit ihm treffen?“

Bei Elisabeths Frage sieht sie auf und runzelt die Stirn.

„Heute Abend, aber ich glaube das lasse ich lieber sein.“

„Dann sollte er sich heute noch bei Ihnen melden?“, fragt Erik.

„Gesagt hat er es“, erwidert sie nickend.

Ich wechsle mit meinen Kollegen einen Blick und wenn ich ihre Mienen richtig deute, dann sind wir uns einig.

„Ich werde ihn sofort blockieren, wenn er sich meldet“, murmelt sie sichtlich verunsichert.

„Das sollten Sie nicht tun“, erwidere ich, was mir einen überraschten Blick von ihr einbringt.

„Aber er könnte doch ein Mörder sein“, sagt sie hörbar verängstigt.

„Um dies zu beweisen brauchen wir aber Ihre Hilfe“, entgegne ich.

„Wie soll ich Ihnen denn da helfen?“, hakt sie nach.

„Sobald er sich meldet, müssen Sie uns seine Telefonnummer übermitteln, damit wir seine Identität bestätigen und ihn überprüfen können.“

Bei Eriks Worten wirkt sie etwas verunsichert, scheint dann aber zuzustimmen, da sie nickt.

„Gut, ich rufe Sie an, sobald er sich meldet, aber ich antworte ihm nicht."

„Es tut mir leid, aber Sie müssen sich mit Ihm verabreden und das Treffen bestätigten", sagt Thomas entschlossen.

„Was?", ruft sie aufgebracht. „Nein, ich will ihn nicht treffen."

„Sie sollen ihn auch nicht alleine treffen", sage ich beschwichtigend.

Mit gerunzelter Stirn sieht sie mich an.

„Was meinen Sie damit?"

„Wir werden die ganze Zeit über anwesend sein und Sie beobachten", wirft Elisabeth ein. „Sie sind immer in Sicherheit", versichert ihr Erik.

„Ich würde wirklich gerne Ihren Platz einnehmen, aber sobald er dort nicht Sie antrifft, wird er abhauen und das müssen wir auf jeden Fall verhindern."

Bei meinen Worten sieht sie mich mit großen Augen an, wirkt allerdings ganz und gar nicht überzeugt.

„Nein, das kann ich nicht." Sie schüttelt heftig den Kopf.

„Frau Heine, das können Sie", sage ich aufmunternd. „Sie sind eine starke Frau und mit Ihrer Hilfe können wir womöglich einen Mörder daran hindern, noch weitere junge Frauen umzubringen."

Frau Heine presst ihre Lippen fest aufeinander und wirkt dabei ziemlich überfordert. Einerseits hat sie natürlich Angst, sich mit einem vermeintlichen

Mörder auf ein Date zu treffen, andererseits möchte sie wohl helfen, den Täter an weiteren Morden zu hindern.

„Aber ich kann doch bei dem Date nicht so tun, als wüsste ich von nichts.“

„Ich bin sicher, Sie schaffen es, ihm für eine Weile etwas vorzuspielen“, erwidert Erik.

„Wollten Sie nicht auch als Kind Schauspielerin werden?“, frage ich sie.

Immerhin hat fast jeder Mensch in seiner Jugend den Wunsch Model, Musiker oder Schauspieler zu werden.

„Doch schon, aber das ist schon lange her und es waren lediglich Kinderträume.“

„Dann können Sie jetzt ihr Talent unter Beweis stellen“, entgegne ich. „Ich bin sicher, Sie machen das super.“

„Ich weiß nicht“, sagt sie zögerlich.

Wir haben sie fast so weit, da bin ich ganz sicher. Es fehlt nicht mehr viel und sie stimmt unserem Plan zu. Natürlich könnten wir den Kerl auch einfach befragen, wenn er bei dem Treffen auftaucht. Doch vermutlich wird er nicht einfach zugeben, dass er die beiden jungen Frauen getötet hat und da wir keinerlei Beweise haben, laufen wir dabei Gefahr, dass er uns entkommt und sich absetzt.

Natürlich birgt es auch einen gewissen Grad an Gefahr. Doch wir werden auf keinen Fall zulassen, dass dieser Mann unserer Zeugin zu nahekommt.

Letztendlich weichen wir den beiden nicht von der Seite und sobald der Mann einen Versuch startet, Hand an Frau Heine zu legen, greifen wir augenblicklich ein.

„Wir werden nicht zulassen, dass Ihnen etwas geschieht“, versichert ihr Erik. „Das versprechen wir Ihnen.“

„Also gut“, gibt sie schließlich nach.

„Dann sagen Sie uns umgehend Bescheid, wenn er sich meldet, damit wir alles genau besprechen können“, fordert Thomas.

Er wirkt völlig euphorisch, denn ich denke, dass er den Plan sehr erfolgversprechend findet. Kein Wunder, immerhin waren Elisabeth und ich daran beteiligt.

„Vielleicht meldet er sich ja gar nicht“, murmelt sie mit einem kleinen Hoffnungsschimmer in der Stimme.

Ich lächle ihr aufmunternd zu, auch wenn ich natürlich hoffe, dass genau das nicht geschieht. Wir haben endlich eine deutliche Spur und es wäre wirklich ein Jammer, wenn unser Plan nicht funktionieren würde.

XII

Elisabeth

„Ihr ruft mich an, sobald es Neuigkeiten gibt!“, fordere ich meine drei Kollegen auf.

„Keine Sorge, wir werden dich auf dem Laufenden halten“, versichert Michaela. „Kümmer du dich erst einmal um deinen Mann.“

Ich habe gerade einen Anruf von ihm erhalten. Er hat sich beim Kochen die Hand verbrüht und sitzt jetzt in der Notaufnahme. Offensichtlich hat er seine Mutter angerufen, die ihn gefahren hat und sich nun um Leni kümmert. Und wer darf sich das von ihr jetzt wieder bis in alle Ewigkeit vorhalten lassen?

Natürlich ich. Nicht nur, dass sich mein Mann genötigt fühlt, für das Mittagessen zu sorgen, er muss sich auch noch um unser Kind kümmern, nur weil ich arbeiten gehen möchte.

Aber egal, wichtig ist jetzt erst einmal, dass Stefan schnell wieder gesund wird und es nicht allzu schlimm ist. Allerdings hat es sich am Telefon so angehört, als hätte es ihn ganz schön erwischt. Nicht umsonst wird ihn meine Schwiegermutter gleich in die Notaufnahme des Krankenhauses gebracht haben.

Schnellen Schrittes durchlaufe ich das Revier, um kurz darauf bei meinem Wagen anzukommen und das Gaspedal durchzudrücken. Ich mache mir wirklich Sorgen, denn er hatte offensichtlich starke Schmerzen.

Als ich auf dem Krankenhausparkplatz ankomme und das Auto abstelle, springe ich aus dem Wagen und laufe geradewegs zur Notaufnahme. Dort sitzt er mit einem Geschirrtuch um die Hand gewickelt. Darauf hat er noch einen Kühlbeutel, den er sich auf die verletzte Hand gelegt hat.

„Was machst du denn für Sachen?“, frage ich ihn besorgt, als ich mich zu ihm setze.

Leni spielt in der Ecke, mit den bereitliegenden Bauklötzen, während meine Schwiegermutter mir einen vorwurfsvollen Blick zuwirft.

„Das kommt davon, wenn man Männer die Hausarbeit machen lässt!“

Ich presse meine Lippen fest aufeinander, um ihr nichts darauf zu entgegnen das ich womöglich bereuen würde. Anschließend widme ich mich wieder meinem verletzten Mann.

„Mama bitte, das hätte jedem passieren können. Ich habe einfach nicht richtig aufgepasst.“

In solchen Situationen liebe ich meinen Mann noch ein Stückchen mehr. Er verteidigt mich, obwohl er offensichtlich starke Schmerzen hat.

„Wie hast du denn das angestellt?“, hake ich nach.

„Ich wollte die Lasagne aus dem Ofen holen, die du gestern vorgekocht hast und dabei ist mir irgendwie das Geschirrtuch verrutscht und ich habe auf das blanke Blech gefasst“, erklärt er.

Ich verziehe das Gesicht, als könnte ich den Schmerz selbst fühlen. Auch ich habe mich bereits das ein oder andere Mal am Ofen oder Blech verbrannt und weiß, wie schmerzhaft das sein kann, wenn man auch nur eine kleine Brandblase hat. Es muss schrecklich sein, wenn man sich eine größere Hautfläche verbrannt hat.

„Mein armer Schatz“, sage ich tröstend und gebe ihm einen Kuss auf die Wange.

Soll meine Schwiegermutter sehen, wie sehr ich mich um meinen Mann sorge und sich mit ihren Vorwürfen gefälligst etwas zurückhalten.

„Mama, du könntest doch mit Leni wieder nach Hause fahren. Elisabeth ist ja jetzt hier und kann mich dann mitnehmen. Dann muss die Kleine hier nicht ausharren“, schlägt mein Mann vor und ich könnte ihn gleich nochmal dafür küssen.

Mir wäre es zwar lieber, wenn ich Leni bei mir behalten könnte, doch es ist sicherlich besser, wenn sie dem Krankenhausflair entkommt. Außerdem möchte ich nicht, dass sie Stefans Wunde ansehen muss, wenn er gleich verarztet wird.

Als meine Schwiegermutter zustimmt, hoffe ich, dass meine Kollegen nicht anrufen, um mir zu sagen, dass sich der vermeintliche Täter gemeldet hat und wir zu dem Treffen müssen, bevor Stefan verarztet wurde. Wenn ich nochmal meine Schwiegermutter herbemühen muss, nur weil ich beruflich wegmuss und meinen Ehemann nicht beistehen kann, wird sie kein gutes Haar mehr an mir lassen.

Als meine Schwiegermutter mit Leni das Krankenhaus verlassen hat, sitze ich auf Kohlen und wippe nervös mit dem Fuß.

„Warum siehst du denn ständig zur Uhr?“, fragt Stefan mich nach einer Weile.

„Weil das hier ewig dauert. Die können dich doch nicht so lange warten lassen!“

„Hast du noch was vor?“, fragt er misstrauisch.

„Ich muss heute wahrscheinlich nochmal los, denn mit etwas Glück meldet sich unser vermeintlicher Täter bei unserem Lockvogel und trifft sich heute noch mit ihr. Da müssen wir natürlich dabei sein, wenn wir nicht noch ein Opfer riskieren wollen“, erzähle ich ihm.

Hoffentlich versteht er es und ist mir nicht böse, dass ich in dieser Situation an die Arbeit denke und mich nicht voll und ganz auf ihn konzentriere.

„Wenn du losmusst, muss ich eben meine Mutter bitten, dass sie mich abholt“, schlägt er nachsichtig vor.

„Auf keinen Fall!“, entgegne ich abrupt. „Wenn dann rufen wir meine Eltern an, die können dich auch abholen.“

„Aber dann muss ich die auch noch hersprengen, wenn meine Mutter sowieso schon da ist.“

„Warum hast du eigentlich nicht gleich meine Eltern um Hilfe gebeten?“

Ich kann den leichten Vorwurf in der Stimme nicht abstellen. Wobei ich natürlich verstehe, dass er lieber seine Mutter angerufen hat, weil die ihm nähersteht. In dieser Situation hätte ich schließlich auch meine Mama angerufen und ganz sicher nicht meine Schwiegermutter. Wobei das Verwandtschaftsverhältnis bei meiner Entscheidung nicht unbedingt vorherrschend für meine Entscheidung wäre.

Bevor er meine Frage beantworten kann, wird er endlich von einer Schwester aufgerufen. Ich folge ihm in das Behandlungszimmer, wobei die Schwester mich eingehend mustert.

„Sie können auch hier warten“, sagt sie schließlich und deutet auf den Wartebereich.

„Ich möchte, dass meine Frau dabei ist!“, sagt Stefan an meiner Stelle, woraufhin die Schwester nickt und den Weg freimacht.

„Wie Sie wünschen.“

Offensichtlich gefällt ihr seine Entscheidung nicht sonderlich. Keine Ahnung, warum sie etwas dagegen haben könnte, dass ich meinen Mann begleite. Es ist mir aber auch egal. Schließlich möchte ich mir endlich ansehen, wie schwer mein Mann verletzt ist und auch was der Arzt dazu zu sagen hat.

Ich kenne Stefan schließlich lange genug, um zu wissen, dass er manche Situationen dramatisiert, während er andererseits des Öfteren auch schlimme Verletzungen runterspielt und sich nicht an die ärztlichen Empfehlungen hält.

„Dann wollen wir uns das mal ansehen“, sagt der Arzt, nachdem er sich uns vorgestellt hat.

Er entfernt zuerst den Kühlbeutel, bevor er das Geschirrtuch von der Hand wickelt. Ich muss zweimal hinsehen, um die Verbrennungen überhaupt wahrzunehmen. An Mittel- und Ringfinger haben sich zwei kleine Blasen an den Fingerspitzen gebildet und die Rötung breitet sich über die vorderen Fingerglieder aus. Das wars dann aber auch schon. Von einer schwerwiegenden Verbrennung fehlt hier jede Spur.

„Das ist nicht dein Ernst!“, sage ich und sehe meinen Mann vorwurfsvoll an.

„Was?“, fragt er schulterzuckend. „Das tut sauweh!“

XIII

Michaela

Elisabeth schnaubt, als ich sie nach dem Wohlbefinden ihres Mannes frage.

„Er hat zwei winzige Brandblasen“, ruft sie aufgebracht. „Und dafür ist er in die Notaufnahme gefahren und hat mich von der Arbeit weggeholt.“

Ich verkneife mir ein Lachen und sehe wie Thomas Mundwinkel amüsiert zucken. Elisabeth donnert ihre Handtasche auf den Boden neben ihrem Schreibtisch.

„Und dafür ruft er seine Mutter an, die ihn gefahren hat und sich anschließend um Leni kümmerte. Könnt ihr euch vorstellen, wie lange ich mir das jetzt wieder vorhalten lassen kann?“

Keiner traut sich zu antworten, denn sie wirkt richtig angesäuert und ich bin sicher, dass sie aus der Haut fahren wird, wenn einer einen falschen Ton von sich gibt. Es ist wichtig sie etwas zu beschwichtigen, dies allerdings sehr einfühlsam und vorsichtig. Zu schade, dass ich nicht gerade für meine Einfühlsamkeit bekannt bin.

„So eine Verbrennung tut aber schon sehr weh“, gebe ich daher von mir, ohne genauer nachzudenken.

„Glaubst du vielleicht, ich hätte mich noch nicht verbrannt. Natürlich tut das weh. Dann hält man die Stelle unter kaltes Wasser und schmiert anschließend etwas Brandsalbe darauf. Aber man fährt doch nicht zur Notaufnahme!“, ruft sie und sieht mich vorwurfsvoll an, als hätte ich das so gemacht.

„Du weißt doch wie wehleidig Männer sein können“, entgegne ich beschwichtigend.

„Hey!“, ruft Erik und wirft mir einen tadelnden Blick zu.

Ich zucke mit den Schultern und sehe ihn entschuldigend an, während ich mit dem Kinn auf Elisabeth deute. Es sollte ja keine Beleidigung in seine Richtung sein, sondern lediglich eine Entschuldigung für Stefans Verhalten.

„Ich sage ja nichts gegen wehleidig“, entgegnet sie schnaubend. „Mich nervt nur gewaltig, dass ich mir wegen dieser Wehleidigkeit jetzt wieder ewig anhören kann, dass ich nicht wie eine gute Ehefrau für meinen Mann sorge.“

Thomas runzelt die Stirn.

„Du hast ihm doch nicht die Finger verbrannt!“

Bei seiner Aussage stößt Elisabeth den Atem aus.

„Nein, aber seine Mutter ist der Meinung, dass es nicht passiert wäre, wenn ich wie eine anständige Ehefrau zu Hause bliebe und mich um den Haushalt kümmern würde. Das wäre ihrer Meinung nach besser für meine Tochter und das gesamte Familienleben“, erklärt sie aufgebracht.

„Das ist aber eine ziemlich veraltete Denkweise“, erwidert Thomas und ich bin erstaunt über seine Aussage.

Bisher bin ich davon ausgegangen, dass er uns Frauen am liebsten als Heimchen hinterm Herd sehen würde. Habe ich ihn da etwa falsch eingeschätzt?

„Meine Rede!“, sagt Elisabeth mit einem hektischen Nicken. „Leider will sie das nicht einsehen.“

„Aber dein Mann sieht das nicht so wie seine Mutter?“, hakt Erik sichtlich besorgt nach.

„Nein, natürlich nicht. Wir sind uns da einig.“

„Aber dann ist doch alles in Ordnung. Lass die Alte doch quatschen und ignorier sie einfach.“

Bei Eriks Worten zuckt Elisabeth mit den Schultern.

„Wenn das so einfach wäre.“

Sie setzt sich auf ihren Stuhl und holt tief Atem. Für einen Moment schließt sie die Augen, als wolle sie meditieren.

„Jetzt aber mal zu unserem Fall“, sagt sie schließlich nach einer kurzen Pause.

„Frau Heine hat angerufen. Edward hat sich bei ihr gemeldet und sich mit ihr heute Abend um zwanzig Uhr in einer Bar verabredet“, erkläre ich ihr.

„Habt ihr sie schon gebrieft?“, hakt sie nach.

„Sie kommt gleich vorbei, bevor sie zu dem Treffen geht.“

Ich deute mit meinem Kinn auf den Schreibtisch von Thomas, auf dem schon das technische Equipment für den Einsatz bereitliegt. Wir werden Frau Heine mit einem Mikrofon ausstatten, damit wir jedes Wort mithören können, das sie mit Edward wechselt.

„Die Handynummer haben wir bereits gecheckt. Sie läuft auf einen Jonas Bauer, der in München gemeldet ist“, wirft Erik ein.

„Dann hat er bei seinem Namen schon mal gelogen“, stellt Elisabeth fest.

Ich nicke zustimmend und auch unsere beiden Kollegen wippen mit dem Kopf.

„Ich sage euch, das ist der Kerl, der die Mädchen umgebracht hat“, knurrt Thomas und man sieht ihm deutlich an, wie sehr er den Mann dafür verurteilt.

„Aber wir müssen ihn heute Abend auf frischer Tat erwischen, denn er scheint ziemlich gewieft zu sein, wenn man bedenkt, dass er bei keinem seiner Opfer Spuren hinterlassen hat“, wirft Elisabeth ein.

„Wir müssen warten, bis er versucht Frau Heine zu töten“, sage ich nickend.

„Ich bin nicht sicher, ob die Frau die Nerven behält“, entgegnet Thomas zweifelnd.

„Ich befürchte auch, dass sie unseren Plan vielleicht vereitelt, indem sie schreiend vor dem Kerl davonläuft“, stimmt auch Elisabeth zu.

„Wir müssen ihr noch mal einbläuen, wie wichtig ihr Part bei dieser Sache ist“, sage ich entschlossen.

Als ein Kollege den Kopf zur Tür hereinsteckt und Frau Heine im Schlepptau hat, sehe ich in die Runde.

„Da ist sie auch schon“, murmle ich leise und nicke dem Kollegen zu, dass er sie hereinbitten soll.

Als Frau Heine den Raum betritt, wirkt sie überaus verängstigt. Meine Sorge steigt, dass es vielleicht doch keine so gute Idee ist, Frau Heine als Lockvogel einzusetzen. So wie sie sich im Moment gibt, würde der Täter schon von Weitem erkennen, dass es eine Falle ist.

„Hallo Frau Heine“, begrüßt Elisabeth sie freundlich. „Setzen Sie sich doch, dann besprechen wir den Ablauf.“

Sie kommt zwar Elisabeths Aufforderung nach, wirkt dabei allerdings äußerst nervös.

„Ich weiß nicht, ob das so eine gute Idee ist“, murmelt sie. „Gibt es nicht eine andere Möglichkeit, um herauszufinden ob Edward ein Mörder ist?“

„Leider sind Sie unsere einzige Spur zu diesem Mann, dessen Name übrigens nicht Edward ist. Zumindest läuft der Handyvertrag auf einen anderen Namen“, erzählt Erik.

„Oh Gott, dann ist er es bestimmt. Warum sollte er mir sonst seinen wahren Namen verschweigen?“

Jetzt wirkt sie noch ängstlicher und es scheint, als würde sie gleich alles hinwerfen und davonlaufen. Nun ist es Elisabeths Aufgabe die Frau zu beruhigen. Sie ist dafür am besten geeignet, weil sie einfühlsam und ruhig ist.

„Sie müssen einfach nur ganz ruhig bleiben, dann kann nichts schiefgehen“, sagt stattdessen Thomas.

Sie wirkt nicht so wirklich beruhigt, sondern sieht ihn lediglich zweifelnd an.

Nun greift Elisabeth ein und schiebt sich einen Stuhl zurecht, so dass sie gegenüber von Frau Heine sitzt.

„Wir werden Ihnen ganz genaue Anweisungen geben. Außerdem sind wir die ganze Zeit in ihrer unmittelbaren Umgebung. Sie dürfen nur nicht die Aufmerksamkeit auf uns lenken, ansonsten könnte der Mann misstrauisch werden. Sobald er irgendwas Auffälliges macht, werden wir ihn sofort festnehmen. Sie brauchen absolut keine Angst haben und müssen sich auch ganz normal verhalten.“

Bei Elisabeths Worten habe ich den Eindruck, als würde Frau Heine etwas ruhiger. Kein Wunder, meine Kollegin redet ja auch mit Engelszungen auf sie ein. Wenn die Frau das wirklich durchzieht, dann haben wir das einzig und alleine ihr zu verdanken.

XIV

Elisabeth

Frau Heine ist absolut aufgebracht und es kostet mich einiges an Überredungskunst, bis sie schließlich ruhiger wird und dem Plan zustimmt. Während Manuela sie verkabelt, erkläre ich ihr alles bis ins kleinste Detail.

„Wir können jedes Wort verstehen das Sie mit dem Mann wechseln“, versichere ich ihr.

„Gewissermaßen sind wir immer an Ihrer Seite und können sofort eingreifen, falls es nötig ist. Sie müssen sich absolut keine Sorgen machen.“

Auch wenn sie nickt, wirkt sie wenig überzeugt. Hoffentlich hält sie durch und macht unseren Plan nicht zunichte. So richtig glauben tue ich das ja noch nicht. Dafür wirkt sie viel zu nervös und aufgebracht.

„Ich nenne ihn aber weiterhin Edward oder?“, fragt sie sichtlich überfordert.

„Natürlich, sie müssen so tun, als wüssten Sie nichts anderes, außer das, was er Ihnen erzählt hat“, stimme ich zu.

Erneut nickt sie, wirkt dabei allerdings völlig abwesend. Ich wechsle mit Michaela einen Blick, die ebenfalls zweifelnd dreinschaut. Sie scheint auch nicht so recht an den Erfolg dieser Mission zu glauben.

Als wir alles mit ihr durchgegangen sind und sie erneut auf alle wichtigen Positionen aufmerksam gemacht haben, beuge ich mich zu ihr und sehe sie durchdringend an. Dabei versuche ich so aufmunternd wie möglich zu klingen.

„Sie schaffen das, Frau Heine!“

Der Blick, den sie mir zuwirft, ist nicht sonderlich zuversichtlich. Sie ringt sich ein schiefes Lächeln ab.

„Kanns losgehen?“, fragt Thomas etwas schroff.

Sie stößt seufzend den Atem aus und schließt für einen kurzen Augenblick die Lider. Als sie die Augen wieder öffnet, hat sich darin etwas verändert. Sie wirkt entschlossener, als noch kurz zuvor. In mir glimmt ein Hoffnungsschimmer. Vielleicht bekommt sie das ja doch hin.

Wir folgen Frau Heine, die mit ihrem Wagen vorfährt. Mit etwas Abstand parken wir und folgen ihr anschließend in die Bar. Zur Tarnung mimen wir zwei Pärchen, die gemeinsam ausgehen. Wir besetzen einen Tisch, von dem aus wir einen freien Blick auf Frau Heine haben, die sich an einen kleinen Bartisch platziert hat.

Überraschenderweise wirkt sie sehr ruhig. Sie bestellt sich eine Cola und schenkt der Kellnerin sogar ein Lächeln. Vielleicht haben wir sie ja unterschätzt und sie hat die Situation gut im Griff.

Die Zeiger nähern sich dem vereinbarten Treffen und ich sehe gewissermaßen sekündlich auf meine Uhr.

„Wenn du nicht damit aufhörst, dann fliegen wir noch wegen dir auf", sagt Thomas mahnend, bevor er an seinem bestellten Bier nippt.

Michaela nickt zustimmend, auch wenn sie mich dabei versöhnlich anlächelt. Wie es scheint sind die beiden zum ersten Mal einer Meinung. Ich würde mich ja darüber freuen, doch im Moment verbrüdern sie sich gegen mich.

Die Zeit vergeht und mittlerweile ist der Kerl bereits fast eine halbe Stunde zu spät.

Wir haben alle vier einen Knopf im Ohr, über den wir hören können, was Frau Heine sagt.

„Ich glaube er kommt nicht mehr", flüstert sie, wobei sie dabei ihr Handy an das Ohr hält, als würde sie telefonieren.

Sie macht ihre Arbeit wirklich gut, das muss ich ihr lassen.

„Ich schreibe ihm mal eine Nachricht", sagt sie weiter und wirft einen kurzen Blick in unsere Richtung.

Michaela nickt ihr kaum merklich zu, woraufhin sie das Gespräch zum Schein beendet und eine Nachricht schreibt. Anschließend bestellt sie sich erneut ein Getränk und hält weiter Ausschau nach ihrer Verabredung.

Eine weitere halbe Stunde vergeht und den Gesten und Blicken von Frau Heine nach zu urteilen, hat unser Verdächtiger sich nicht auf ihre Nachricht gemeldet. Irgendwas ist da schiefgelaufen, dabei haben wir genau nach Plan gehandelt. Warum zum Teufel ist der Kerl nicht aufgetaucht?

Eine weitere halbe Stunde später brechen wir den Einsatz schließlich ab und verlassen die Bar. Wir warten im Auto darauf, dass Frau Heine es uns gleichtut und in ihren Wagen steigt. Anschließend fahren wir zurück ins Revier. Diesmal ist es Frau Heine, die uns folgt.

Dort befreien wir sie von der Verkabelung und dem Mikrofon.

„Er hat nicht auf meine Nachricht reagiert", sagt sie schulterzuckend und zeigt uns den Nachrichtenverlauf auf ihrem Handy.

Tatsächlich hat er noch am Nachmittag das Treffen vereinbart, hat aber offensichtlich die Nachricht von Frau Heine noch nicht einmal gelesen.

„Dann bleibt uns nichts anderes übrig, als den Mann offiziell zu befragen, auch wenn das wohl nicht zu dem gewünschten Ergebnis führen wird", sagt Erik sichtlich unzufrieden.

„Wir sollten damit noch ein oder zwei Tage warten. Vielleicht meldet er sich ja doch noch bei Frau Heine", schlägt Michaela vor.

„Alle einverstanden?", frage ich in die Runde und ernte vereintes Kopfnicken.

Auch Frau Heine stimmt zu.

„Ich melde mich sofort, sollte er sich doch noch melden“, versichert sie, bevor sie sich verabschiedet und auf den Heimweg macht.

„Kann sich jemand vorstellen, was da schiefgelaufen ist?“, fragt Thomas resigniert.

„Vielleicht hat er es sich einfach anders überlegt“, antwortet Erik schulterzuckend.

„Oder er hat sich ein anderes Opfer gesucht“, wirft Michaela besorgt ein.

„Dann haben wir womöglich morgen eine weitere tote Frau“, murmle ich und schüttle den Kopf.

„Können wir sein Handy orten?“, fragt Michaela, doch in diesem Moment klingelt unser Telefon, was um diese Uhrzeit überaus ungewöhnlich ist.

So spät abends ist nur noch die Zentrale besetzt und die stellen dann für gewöhnlich keine Telefonate zu uns durch.

Erik nimmt den Hörer ab und führt ein kurzes Gespräch mit dem Kollegen.

„Schickt sie hoch. Sie kennt den Weg.“

Als er auflegt, sieht er zu uns auf.

„Frau Heine kommt nochmal.“

Ich gehe zur Bürotür und öffne sie, um Frau Heine in Empfang zu nehmen. Meine Hoffnung, sie könnte vielleicht Neuigkeiten von unserem Verdächtigen haben, ist abrupt wieder da.

„Er hat gerade geschrieben“, informiert sie uns aufgeregt und zeigt uns ihr Handydisplay.

Tatsächlich erklärt er darin, dass seine Mutter einen kleinen Unfall hatte und er sie ins Krankenhaus bringen musste. Außerdem entschuldigt er sich und bittet sie um ein neues Treffen am nächsten Tag.

„Was soll ich ihm jetzt schreiben?“, fragt sie uns.

„Stimmen Sie zu!“, sagen wir unisono, woraufhin sie erneut eine Nachricht in ihr Telefon tippt.

„Er schreibt schon zurück“, sagt sie hastig.

Es dauert einen Moment, bevor sie das Display wieder zu uns dreht.

„Er schlägt den gleichen Ort und die gleiche Zeit vor.“

Thomas liest von Frau Heines Telefon ab.

„Ich stimme wieder zu oder?“, hakt sie nach.

Erneut bestätigen wir ihr Vorhaben.

XV

Elisabeth

„Neuer Tag, neues Glück!“, sagt Thomas, als Frau Heine bei uns eintrifft.

Sie lächelt schief, wirkt heute allerdings um einiges entspannter, als noch am Tag zuvor.

„Sind Sie bereit für eine neue Runde?“, frage ich sie.

„Hilft ja nix“, entgegnet sie mit einem Schulterzucken.

„Sie kennen das ja schon“, sagt Michaela, als sie ihr erneut das Mikrofon anlegt.

Geduldig lässt sie alles über sich ergehen.

„Und wenn er heute wieder nicht auftaucht?“, fragt sie und auch wenn sie es sicher nicht gleich zugeben würde, merke ich ihr an, dass sie diese Hoffnung noch hat.

Natürlich wäre es ihr lieber, wenn es ohne ihre Hilfe ginge. Doch für uns wäre es fatal, wenn er sie erneut versetzen würde. Aber noch sind wir ja guter Hoffnung, dass wir den Täter endlich stellen können.

Heute geht natürlich alles viel schneller vonstatten, denn wir brauchen Frau Heine nicht mehr groß einweisen.

„Wir machen alles genauso wie gestern“, sage ich eindringlich.

„Nur mit dem Unterschied, dass er heute hoffentlich auftaucht“, murmelt Thomas Michaela zu, so dass es Frau Heine nicht hören kann.

Ich bekomme es allerdings mit und werfe ihm einen tadelnden Blick zu. Die arme Frau ist so schon aufgeregt genug. Da braucht es nicht noch seine Sprüche, die sie noch mehr in Nervosität versetzen.

Sein Mundwinkel zuckt kurz belustigt, was wohl so viel heißt wie, ich bin ja schon still. Auch von Michaela erntet er einen finsteren Blick und als Frau Heine dies bemerkt, sieht sie mich misstrauisch an.

„Alles in Ordnung?“, fragt sie besorgt.

„Natürlich, wir machen gleich noch den Mikrofontest und anschließend können wir auch schon los“, versichere ich ihr.

Sie nickt, bevor Erik mit ihr den Test durchführt.

„Alles klar“, sagt er schließlich kurz darauf. „Es funktioniert.“

„Na dann …“

Ein Blick von Michaela genügt, um Thomas verstimmen zu lassen. Offensichtlich hat sie ebenfalls Sorge, ihm könnte noch was rausrutschen, dass unsere Frau Heine noch mehr verängstigt.

Ein paar Minuten später sind wir auch schon auf dem Weg zur Bar. Erneut biegen wir mit etwas Abstand auf den Parkplatz ein und stellen den Wagen abseits ab. Absichtlich sind wir wieder ein paar

Minuten zu früh dran, dann wir möchten uns schon platziert haben, wenn der Kerl auftaucht. Somit ist die Gefahr geringer, dass wir ihm auffallen.

Wir haben bereits unsere Drinks und warten schon ein paar Minuten, als ich sehe, wie sich Frau Heine sichtlich anspannt.

„Er kommt“, murmle ich meinen Kollegen zu und in diesem Moment legt Thomas einen Arm um Michaelas Schultern und tut so, als wären sie ein verliebtes Pärchen.

Ich kann ihr deutlich anmerken, wie sehr ihr die Situation missfällt und dennoch macht sie gute Miene zum bösen Spiel. Immerhin weiß auch sie, was gerade auf dem Spiel steht und wenn wir schon von Frau Heine schauspielerische Höchstleistung verlangen, dann können wir auch ein bisschen schauspielern.

Der Mann, der auf sie zugeht, ist etwa dreißig Jahre alt, hat blonde, etwas längere Haare und trägt Jeans und T-Shirt. Er ist recht attraktiv und es wundert mich nicht, dass er bei den Frauen leichtes Spiel hat.

Ich beobachte Frau Heine, die sich eigentlich ganz gut schlägt. Sie spielt ihre Rolle wirklich gut und ich bin fast ein bisschen beeindruckt.

Zur Begrüßung umarmt er sie kurz.

„Es tut mir so leid, dass ich dich gestern versetzt habe. Aber der Unfall meiner Mutter hat mich alles andere einfach vergessen lassen“, beteuert er.

„Das ist doch völlig verständlich“, entgegnet sie verständnisvoll.

Der Kellner kommt zu ihnen an den Tisch und nimmt die Bestellung des Mannes auf.

„Ein Wasser, bitte“, bestellt er höflich.

Aufmerksam hören wir zu, während wir so tun, als würden wir uns angeregt unterhalten. Das ist gar nicht so einfach. Immerhin hören wir die ganze Zeit die Stimmen von Frau Heine und dem Verdächtigen in unseren Ohren, während wir zwei glückliche Paare mimen.

Er trinkt keinen Alkohol, zumindest bestellt er sich im Moment keinen. Auch sonst wirkt der Mann nicht unbedingt wie ein Mörder, schon gar nicht wie ein Serienmörder. Keine Ahnung ob wir vielleicht doch völlig falsch liegen. Wie auch immer, wir werden es ganz sicher herausfinden.

Die beiden führen eine harmlose Unterhaltung. Nichts deutet darauf hin, dass der Mann Frau Heine irgendwohin locken möchte. Alles wirkt wie ein ganz normales Date. Es ist weder an dem Mann, noch an seinem Verhalten etwas Verdächtiges.

Etwa zwei Stunden später neigt sich das Date dem Ende. Der Mann bietet Frau Heine an, sie zum Auto zu begleiten. Das macht uns natürlich hellhörig, denn im Schutz der Dunkelheit könnte er ihr leicht etwas antun.

Frau Heine zögert mit ihrer Antwort, doch dann willigt sie glücklicherweise ein. Es wäre ansonsten ziemlich auffällig, wenn sie ihm dies verweigern würde. Außerdem ist das vielleicht der Moment, in dem wir ihn überführen können.

Als Frau Heine mit ihm die Bar verlässt, wirft sie uns einen flehenden Blick zu. Kaum merklich nicke ich ihr zu, als der Mann nicht in unsere Richtung sieht. Somit versuche ich ihr zu versichern, dass wir auch auf dem Parkplatz an ihrer Seite sind und im Notfall jederzeit eingreifen könnten.

Natürlich halten wir etwas zeitlichen Abstand, bevor wir die Bar ebenfalls verlassen. Der Mann scheint uns gar nicht wahrzunehmen, zumindest wirkt es so, als wären wir ihm gar nicht aufgefallen.

Da wir mit viel Abstand zu Frau Heines Wagen geparkt haben, können wir uns in unser Auto zurückziehen und zugleich den Verdächtigen und unseren Lockvogel beobachten.

„Ich würde dich gerne wiedersehen“, höre ich den Mann sagen. „Natürlich nur, wenn du möchtest.“

Frau Heine zögert mit ihrer Antwort, was den Mann wohl zu der Annahme bringt, dass sie an einer Wiederholung des Treffens kein Interesse hat. Ich schließe meine Lider und bete, dass sie das jetzt nicht vermasselt.

„Ich fand den Abend auch sehr schön und würde dich gerne wiedersehen“, sagt sie schließlich und nicht nur ich stoße erleichtert den Atem aus.

Anschließend hören wir, wie die beiden sich verabschieden und eine Autotür knallt, dabei können wir beobachten, wie Frau Heine in ihren Wagen steigt und unser Verdächtiger in der Dunkelheit verschwindet. Wie es scheint, ist er nicht mit dem Auto da. Er wird wohl die öffentlichen Verkehrsmittel nutzen.

„Okay, er ist weg und ich muss zugeben, dass er eigentlich ganz nett und zurückhaltend war“, sagt Frau Heine durch das Mikrofon, bevor sie den Motor startet und den Parkplatz verlässt.

Wie verabredet fährt sie zurück zum Revier, damit wir sie von der Verkabelung wieder befreien können. Außerdem müssen wir das weitere Vorgehen noch besprechen, denn mit diesem Verhalten des Mannes haben wir nicht gerechnet.

XVI

Elisabeth

Frau Heine hat mit dem Verdächtigen ein weiteres Date. Allerdings erst zwei Tage später, nach dem Wochenende. Vielleicht möchte er ja an Wochenenden keine Frauen umbringen. Vermutlich liegt es einfach nur daran, dass er sich um seine Mutter kümmert, die einen Unfall hatte. Wir wissen nicht so recht, wie wir die Situation einschätzen sollen. Eigentlich sind wir davon ausgegangen, dass der Mann bereits am ersten Abend versucht Frau Heine zu töten. Aber entweder, er lässt es diesmal etwas langsamer angehen, oder wir sind auf der falschen Spur.

So lange wir keine weitere Leiche finden, müssen wir die Hoffnung noch nicht aufgeben, dass er vielleicht doch unser Täter ist und sich bei Frau Heine einfach etwas mehr Zeit lässt.

Heute sind wir bei meinen Eltern zum Familienessen eingeladen das meine Mama fast jeden Sonntag veranstaltet, um alle ihre Kinder und Enkel um einen Tisch zu versammeln. Ich liebe meine Familie wirklich sehr, doch für meinen Geschmack würde es auch reichen, wenn wir das einmal im Monat machen würden.

„Schatz, wir müssen los!“, rufe ich über die Treppe nach oben.

Meine Mama hasst Unpünktlichkeit und auch wenn sie eine Seele von Mensch ist, so wie vermutlich jede Mutter, kann sie bei sowas richtig sauer werden. Während mein Mann endlich auf der Treppe erscheint, fehlt von meiner Tochter jede Spur.

„Leni!“, rufe ich daher mit Nachdruck und werfe meinem Mann einen genervten Blick zu.

Eigentlich wäre es jetzt an der Zeit, dass er umdreht und Leni holt. Doch wie es scheint, ist er der Meinung, das wäre meine Aufgabe. Kein Wunder, immerhin ist er ja so schwer verletzt. Oft genug musste ich mir in den letzten Tagen seine Jammerei anhören. Man könnte meinen er hat sich den ganzen Arm verbrannt, dabei sind es lediglich zwei kleine Brandblasen.

Um jedoch zu verhindern, dass eine erneute Diskussion über wirklich schwere Verletzungen ausbricht, spreche ich dieses Thema nicht mehr an. Glücklicherweise erscheint in diesem Moment Leni auf dem Treppenabsatz und zieht ihren kleinen, pinken Trolley hinterher.

„Was hast du denn damit vor?“, frage ich sie überrascht.

„Ich habe ein paar Spielsachen eingepackt. Oma und Opa haben doch keine, weil sie schon so groß sind“, erklärt sie.

In diesem Moment frage ich mich, was sie wohl unter ein paar Spielsachen versteht. Da wir allerdings sowieso schon spät dran sind, unterlasse ich es den Trolley zu öffnen. Ich will gar nicht erst wissen, was da alles drin ist. Vermutlich würde ich nur eine böse Überraschung erleben. Mit etwas Glück vergisst sie den Trolley, sobald wir bei meinen Eltern ankommen. Immerhin warten dort schon die Kinder meines Bruders.

Die zwei Jungs sind Zwillinge und ein Jahr jünger als Leni. Für meine Tochter ist das natürlich toll, weil sie bei den beiden die Älteste ist und somit denkt, sie könnte die Jungs rumkommandieren. Leider lassen die sich das auch noch gefallen. Es gefällt ihnen sogar.

Ich öffne die Haustür und, während mein schwerverletzter Ehemann auf die Beifahrerseite zusteuert, rolle ich mit den Augen. Normalerweise ist er bei uns der Fahrer, wenn wir gemeinsam unterwegs sind, denn ich muss zugeben, dass ich nicht so gerne fahre und vor allem auch nicht sonderlich gut darin bin, was mehrere Dellen an meinem Kleinwagen beweisen. Doch wie es scheint ist seine Verletzung so schwerwiegend, dass ich heute die Familienkutsche lenken darf.

Leni ist schon fast mit ihrem Koffer zur Tür raus, als sie plötzlich stehenbleibt, herumwirbelt und wieder losstartet.

„Wo willst du denn hin?“, rufe ich ihr hinterher. „Wir sind schon viel zu spät dran.“

„Ich habe noch was vergessen“, entgegnet sie, ohne dass sie sich von meinem Einwand aufhalten lässt.

Ich werde hier noch wahnsinnig!

Wieso kann das nicht einfach mal so laufen, wie bei anderen Familien?

Mir kommt es immer so vor, als wäre ich von lauter Muster-Bio-Mamas umgeben, die alles voll im Griff haben. Da kommt man nicht zu spät zum Sonntagsessen! Nein, da lädt man die ganze Bagage sogar zu sich nach Hause ein. Ich kenne Frauen, die haben den Haushalt voll im Griff, deren Kinder sind perfekt gestylt und folgsam, und zu allem Überfluss zaubern sie noch ein fünf Gänge Menü für zwanzig Personen.

Keine Ahnung, wie die das alles hinbekommen. Obendrein sehen sie dabei noch aus, wie aus dem Ei gepellt. Wenn ich Spaghetti Bolognese koche, dann habe ich die Spritzer der Tomatensoße schon vor dem Essen auf meinem Shirt verteilt. Mit einer weißen Bluse in der Küche zu stehen, kann ich mir gar nicht vorstellen. Solche Kleidungsstücke vermeide ich schon beim Essen gehen, geschweige denn beim selber kochen.

Als ich vom Inneren der Wohnung komische Geräusche höre, sehe ich doch lieber nach. Ich erwische Leni dabei, wie sie ihre Standtafel über den gesamten Wohnzimmerboden schiebt, und dabei schreckliche Schleifgeräusche erzeugt. Doch das ist es nicht, was mich am meisten sorgt. Der nigelnagelneue Parkettboden wird dies sicherlich nicht unbeschadet überstehen.

„Leni, hör auf!“, rufe ich aufgebracht. „Du machst ja lauter Kratzer in den Boden.“

„Aber sie ist zu schwer“, entgegnet sie und fährt in ihrer Tätigkeit fort.

Irgendwie funktioniert das mit der Kindererziehung doch niemals so, wie es in den vielen Ratgebern steht, die ich mittlerweile schon alle in die Papiertonne geworfen habe. Vermutlich liegt es einfach an mir. Vielleicht bin ich ja nicht konsequent genug, wie die Mutter einer Kindergartenfreundin von Leni immer betont.

Sie ist das beste Beispiel für so eine perfekte Mutter und ganz sicher auch Hausfrau. Leni hat mir erzählt, was ihre Freundin alles so in ihrer Pausenbox hat. Von ausgestanztem Vollkornbrot über Gemüse- und Obstspießchen, bis hin zu einem Pancake in Herzform war schon alles dabei.

Ich frage mich, wann die gute Frau das alles macht und wie sie überhaupt darauf kommt. So früh am Morgen bin ich schon froh, wenn ich nicht Mayo statt Butter aufs Honigbrot schmiere. Vermutlich hat meine Schwiegermutter einfach recht. Ich sollte weniger arbeiten und mich mehr auf meine Tätigkeit als Hausfrau und Mutter konzentrieren. Dumm nur, dass dies für mich so gar nicht erfüllend wäre.

Mit ein paar schnellen Schritten bin ich bei Leni und erkläre ihr ruhig, auch wenn ich innerlich bereits am überkochen bin, dass wir die Tafel nicht mitnehmen können. Natürlich fängt sie an zu diskutieren und auch die Aussage, dass das riesige Teil nicht ins Auto passt, überzeugt sie nicht.

Am Ende bleibt mir nichts anderes als Bestechung übrig. Ich verspreche ihr eine halbe Stunde Fernsehzeit am Abend draufzupacken, wenn sie die blöde Tafel zu Hause lässt. An ihrer Miene ist deutlich zu erkennen, wie sie abwägt, ob es ihr das Wert ist darauf zu verzichten mit ihren Cousins Schule zu spielen, wobei sie natürlich die Lehrerin wäre. Fehlt jetzt nur noch, dass sie anfängt mit mir zu verhandeln, doch wie sie aussieht, steht sie tatsächlich kurz davor.

Die Zeiger der Uhr bewegen sich derweil unaufhaltsam weiter und meine Mama wird ganz sicher über unsere Verspätung nicht erfreut sein, die mein Mann sicher wieder mir in die Schuhe schiebt, weil er schließlich schon seit einer gefühlten halben Stunde im Auto sitzt.

Als Leni schließlich einlenkt, atme ich erleichtert auf, schnappe mir ihre kleine Hand und verlasse mit ihr das Haus. Schnell drehe ich den Schlüssel im

Schloss, als wir die Haustür hinter uns schließen. Nicht, dass ihr nochmal was einfällt das sie mitnehmen möchte.

XVII

Elisabeth

Als wir bei meinen Eltern ankommen, kann man bereits im Hof hören, wie die kleinen Jungs lautstark durchs Haus sausen. Das Auto meiner Schwester steht auch schon im Hof, das bedeutet, wir sind definitiv die Letzten.

Ich öffne die Haustüre und schicke Leni voraus. Somit ist meine Mama abgelenkt, weil sie ihre Enkelin in die Arme schließt, dann hat sie keine Zeit sich über unsere Unpünktlichkeit aufzuregen. Auf Leni kann sie nicht sauer sein, und bis sie die Kleine ausgiebig gekuschelt hat, ist die größte Wut vermutlich schon verraucht.

Die Tochter meiner Schwester steckt mit ihren dreizehn Jahren mitten in der Pubertät. Man kann ihr am Gesichtsausdruck ziemlich deutlich ansehen, dass sie keine Lust auf dieses Familientreffen hat.

„Laura, könntest du bitte endlich das blöde Ding weglegen?“, fragt meine Schwester ihre Tochter vorwurfsvoll.

Laura hat lediglich kurz aufgesehen, als wir angekommen sind, doch ansonsten widmet sie ihre gesamte Aufmerksamkeit ihrem Handy. Vermutlich ist das in diesem Alter normal. Doch manchmal sollte für sie vielleicht doch auch etwas anderes wichtig sein.

„Du hast ja schon ganz viereckige Augen, Kind", ruft meine Mama ihrer Enkelin zu.

Laura sieht nicht einmal hoch.

„Was soll ich denn sonst machen?", brummt sie stattdessen.

„Spiel doch ein bisschen mit deinen Cousins und deiner Cousine", schlägt ihr meine Schwester vor.

Nun sieht Laura tatsächlich von ihrem Handy auf. Aber nur, um ihrer Mutter einen tödlichen Blick zuzuwerfen.

„Das ist jetzt nicht dein Ernst oder?", fragt sie vorwurfsvoll.

„Warum, du kannst doch ein bisschen mit ihnen spielen", entgegnet meine Schwester.

Sie meint es offensichtlich wirklich ernst, wobei ich zugeben muss, dass ich Laura verstehe. Wer möchte in diesem Alter schon mit kleinen Nervensägen spielen. Teenager haben ganz andere Dinge im Kopf.

„Mama, ich bin keine fünf mehr!", sagt sie aufgebracht und springt auf.

„Wo willst du hin?", ruft meine Schwester ihr hinterher, als sie zur Küchentüre hinausstürmt.

„Ich muss telefonieren", antwortet sie grimmig.

„Aber wir essen gleich", mischt sich nun auch meine Mama ein.

Das hört Laura jedoch schon gar nicht mehr, weil sie bereits zur Türe raus ist. Hoffentlich wird meine Kleine nicht auch so anstrengend, wenn sie in Lauras Alter kommt. In diesem Moment kommt Leni mit den Zwillingen im Schlepptau in die Küche. Ich höre, wie die Frau meines Bruders einen entsetzten Schrei entlässt.

Mir ist auch klar, warum sie das getan hat. Die Zwillinge sehen aus, als wären sie in einen Tuschkasten gefallen. Vermutlich hätte ich doch in den Trolley meiner Tochter sehen sollen, bevor wir losgefahren sind.

Wie es scheint hat sie ihren Schminkkoffer eingepackt und diesen nun bei ihren Cousins ausgiebig angewendet. Die Lippen der beiden Jungs sind rot angemalt und auf ihren Lidern befindet sich ein strahlend blauer Lidschatten. Auch die Bäckchen hat sie ihnen mit rosa Rouge aufgefrischt. In diesem Moment bin ich unfähig was zu sagen, denn es hat mir wirklich die Sprache verschlagen.

„Wie seht ihr denn aus?“, fragt meine Schwägerin, bevor sie anfängt zu lachen.

Glücklicherweise reagiert sie sehr gelassen auf den Anblick, denn ich habe schon befürchtet, dass sie gleich einen Schreikrampf bekommt. Allerdings sieht mein Bruder etwas finster drein. Offensichtlich gefällt es ihm nicht so gut, seine beiden Jungs geschminkt zu sehen. Vermutlich auch, weil die beiden offensichtlich einen Heidenspaß daran haben, denn sie grinsen über das ganze Gesicht.

„Habt ihr euch eigentlich schon selbst angeschaut?“, fragt er sie.

Beide nicken heftig.

„Und das gefällt euch?“, hakt er weiter nach.

Erneut nicken sie. Meine Neffen sind eher wortkarg und sprechen nicht so viel. Offensichtlich bringt auch der Logopäde nicht allzu viel, bei dem sie regelmäßige Sitzungen haben.

„Na bravo“, brummt mein Bruder und greift zu seiner Flasche Bier, um einen großen Zug zu nehmen.

„Süß schauen sie aber schon aus“, sagt nun meine Schwägerin mit einem Schmunzeln.

„Fasching war schon“, brummt mein Papa, der wohl auch nicht so angetan davon ist, dass die einzigen Nachfahren, die seinen Familiennamen weitertragen können, wie Mädchen geschminkt sind.

Er ist eben noch einer vom alten Schlag. Für ihn ist es wichtig einen Stammhalter zu haben, der wieder einen Stammhalter hat und der dann wieder …

Na ja, so wie es früher eben war. Manchmal kommt er mir so vor, als wäre er etwas in der Vergangenheit hängengeblieben.

„Kommt ihr zwei!“, fordert meine Schwägerin die beiden auf. „Waschen wir euch die Gesichter.“

„Aber warum?“, fragt Leni vorwurfsvoll. „Ich habe mir doch solche Mühe gegeben.“

Hilfesuchend schaut meine Schwägerin zu mir. Wie soll ich jetzt meiner Tochter erklären, dass sie viel zu viel von der Farbe aufgetragen hat und die beiden wie Clowns aussehen.

„Die beiden möchten vielleicht gar nicht so stark geschminkt sein“, versuche ich es vorsichtig.

„Wollt ihr es wieder abwaschen?“, fragt Leni gleich nach.

Unisono schütteln die beiden Jungs ihre Köpfe.

„Siehst du“, sagt sie entschlossen. „Sie wollen es so lassen.“

Nun bin ich es, die hilfesuchend zur Frau meines Bruders sieht. Diese zuckt unbeholfen mit den Schultern.

„Dann lassen wir es eben so“, entgegnet sie schließlich nach kurzem Zögern.

Während mein Bruder und mein Papa nicht gerade glücklich dreinschauen, stellt meine Mama die Schüssel mit den Knödeln auf den Tisch. Es gibt ihren leckeren Sauerbraten, dessen herrlichen Duft ich schon gerochen habe, als ich zur Haustüre rein bin.

„Jetzt setzt‘s euch hin zum Essen!“, befiehlt sie und wirft den beiden Männern warnende Blicke zu.

„Was hast du denn eigentlich angestellt?“, fragt meine Schwester Stefan und lenkt die Aufmerksamkeit auf dessen Hand, die dick mit einem Verband eingewickelt ist, als hätte er sich schwer verletzt.

„Ich habe mich beim Kochen verbrannt“, entgegnet er und zieht dabei eine leidende Miene.

Nur mit Mühe kann ich mich daran hindern mit den Augen zu rollen.

„Oje, schlimm?“, fragt meine Schwägerin nach.

Während er nickt und zu einer Antwort ansetzt, falle ich ihm ins Wort.

„Es sind nur zwei kleine Brandblasen“, löse ich auf, bevor er eine Verbrennung dritten Grades daraus machen kann.

Er wirft mir einen vorwurfsvollen Blick zu.

„So klein sind sie nicht“, knurrt er.

„Geh, was ich mich schon verbrannt habe“, ruft meine Mama und deutet auf ihre Hände, die tatsächlich von einigen kleinen Narben gezeichnet sind.

Kein Wunder, meine Mama hat ihr Leben lang gearbeitet und da war nicht nur Hausarbeit dabei. Meine Eltern haben einen kleinen landwirtschaftlichen Nebenerwerbsbetrieb. Da fällt einiges an Arbeit an, die auch körperlich anstrengend ist. Die ein oder andere Verletzung bleibt da natürlich auch nicht aus.

Wenn sie die Brandblasen von Stefan sehen würde, würde sie vermutlich laut auflachen.

„Aber das tut schon sau weh“, sagt meine Schwägerin und wirft Stefan einen mitfühlenden Blick zu.

„Laura, jetzt wenn du nicht reinkommst, bekommst du nichts zu essen!“, schreit meine Schwester plötzlich lautstark und somit ist das Gespräch über die Verletzung von Stefan beendet.

Als Laura schließlich hereintrottet und dabei erneut in ihr Handy starrt, räuspert sich meine Mama vorwurfsvoll.

„Jetzt wenn du das Ding nicht weglegst, dann werf ich es dir vom Fenster raus!“, sagt sie drohend.

Laura sieht sie überrascht an, denn normalerweise lässt meine Mama ihren Enkeln gegenüber, kein scharfes Wort fallen, aber das mit dem Handy geht ihr nun doch offensichtlich zu weit.

„Ist ja schon gut“, murmelt Laura daraufhin und steckt das Telefon in ihre Hosentasche, bevor sie sich an den Tisch setzt.

Meine Mama lässt ihren Blick zufrieden über die Runde wandern. Jetzt sind wir alle vollzählig und unsere Aufmerksamkeit ist auf das leckere Essen gerichtet. Das lässt meine Mama zufrieden lächeln.

XVIII

Elisabeth

„Und wie war dein Wochenende?“, fragt Michaela, als ich das Büro betrete.

„Bis auf das Ereignis, als meine Tochter ihre beiden Cousins mit blauem Lidschatten und feuerroten Lippenstift geschminkt hat, ziemlich langweilig“, entgegne ich ihr.

Heute Abend steht das nächste Treffen unseres Lockvogels mit dem Verdächtigen an. Das ist viel aufregender. Zumindest für mich!

Michaela lacht hell auf.

„Das sieht Leni ähnlich. Sicher waren die beiden perfekt geschminkt“, entgegnet sie.

Meine Mundwinkel zucken, denn tatsächlich waren die Lippen exakt nachgezogen. Die Farbwahl war definitiv zu intensiv, doch ich muss gestehen, dass sie es ansonsten ziemlich gut gemacht hat.

„Wenn man davon absieht, dass die Farben seeehr intensiv waren, war es tatsächlich nicht so schlecht“, gebe ich zu.

„Vielleicht wird sie ja mal eine Visagistin.“

„Dann sollte sich aber noch ihr Farbgefühl anpassen“, lache ich auf.

Sie stimmt in mein Lachen ein, während Erik und Thomas das Büro betreten.

„Ach, sieh mal einer an. Ernie und Bert sind auch schon da“, witzelt Michaela leise, dennoch so laut, dass die beiden es hören können.

Thomas wirft ihr einen vernichtenden Blick zu, während Erik gar nicht erst auf ihre Aussage reagiert.

„Ist alles für heute Abend vorbereitet?“, knurrt Thomas.

„Was fragst du uns?“, erwidert Michaela schroff. „Du tust ja geradeso, als wären wir eure Hilfsarbeiter.“

„Bist du heute mal wieder mit dem falschen Fuß aufgestanden“, erwidert er ihr genervt.

Jetzt geht es also wieder los mit den Zankereien der beiden. Ich wechsle mit Erik einen Blick, der kaum merklich den Kopf schüttelt und dabei mit den Augen rollt.

„Ich bin ganz sicher nicht mit dem falschen Fuß aufgestanden“, erwidert sie erbost. „Spiel du dich lieber nicht wie der Chef auf!“

„Was soll das denn heißen“, ruft er aufgebracht. „Ich habe doch nur gefragt, ob für heute Abend alles vorbereitet ist und du legst es mir schon wieder völlig falsch aus.“

Ich gehe zwischen die beiden und strecke meine Arme mit den Handflächen zu ihnen zeigend aus.

„Stopp!“, rufe ich und sehe warnend von einem zum anderen. „Wir machen hier alle unsere Arbeit und eure Zankereien sind nicht hilfreich.“

„Genau genommen sogar ganz schön nervig“, stimmt Erik mir zu und verschränkt seine Arme vor der Brust.

„Er hat angefangen“, murmelt Michaela und sieht finster zu Thomas.

Dieser entlässt lediglich einen entrüsteten Laut, bevor er sich auf seinen Schreibtischstuhl setzt.

„Ihr seid wie kleine Kinder“, sage ich vorwurfsvoll und lasse mich auch auf meinen Stuhl fallen.

„Ich hole Kaffee, möchte jemand welchen?“, fragt Thomas, als er auf die Bürotür zugeht.

„Für mich bitte“, entgegnet Erik.

„Ich nehme auch welchen“, ruft Michaela und grinst dabei.

Als er fragend zu mir sieht, schüttle ich den Kopf. Ich hatte heute Morgen schon zwei Tassen, das sollte bis heute Nachmittag reichen, ansonsten bekomme ich noch Herzflattern.

Als Frau Heine am Abend eintrifft, macht Michaela sich gleich an die Verkabelung. Da wir dieses Prozedere nun schon zum dritten Mal haben, läuft alles wie am Schnürchen. Auch die Absprachen für den Verlauf des Abends können wir abkürzen.

Frau Heine zeigt uns den Nachrichtenverlauf, den sie die letzten Tage mit Herrn Bauer hatte. Eins muss man ihm lassen; mit Worten kann er sehr gut umgehen. Bei seinen Nachrichten ist er überaus charmant und man kann kaum glauben, dass er womöglich ein Mörder ist.

„Glauben Sie mir, Edward ist kein Mörder", versichert Frau Heine.

Wie es scheint, hat der Kerl sie mittlerweile schon auf seine Seite gezogen. Kein Wunder, wenn man seine Nachrichten liest. Vielleicht irren wir uns ja wirklich und jemand anderes ist der wahre Mörder. Allerdings spricht wirklich alles für ihn, selbst seine Wortgewandtheit passt zu dem Profil, welches ich in Gedanken über den Mörder erstellt habe. Er wickelt die Frauen um den Finger und wiegt sie bei ihm in Sicherheit. Dann schlägt er erbarmungslos zu.

„Womöglich haben Sie recht", erwidert ihr Michaela. „Falls dem so ist, werden wir es herausfinden. Dann können Sie ihn beruhigt kennenlernen."

Sie zieht tief den Atem ein, bevor sie knapp nickt. Anschließend brechen wir auf und ich hoffe wirklich, dass wir endlich den verdammten Mistkerl dingfest machen können. Glücklicherweise hat er nicht erneut getötet, doch das wird vielleicht nicht mehr lange dauern. Mit etwas Glück versucht er es heute bei Frau Heine. Natürlich kann man nur von Glück sprechen, wenn wir ihm zuvorkommen.

Auf dem Parkplatz angekommen gehen wir wieder zuerst in die Bar, um dort auf Frau Heine zu warten.

Während wir warten höre ich plötzlich in meinem Ohr einen erstickten Laut, bevor die Verbindung abreißt. Etwas stimmt nicht mit Frau Heine, die die Bar noch nicht betreten hat. Erschrocken sehe ich zu meinen Kollegen, die es offenbar auch gehört haben.

Sofort springen wir auf und eilen zur Tür hinaus. Auf dem Parkplatz angekommen, sehen wir wie ein Auto mit Vollgas davonbraust. Von Frau Heine fehlt jede Spur. Wir rennen zum Auto. Thomas ist am schnellsten und springt auf den Fahrersitz, doch Michaela schafft es vor Erik auf den Beifahrersitz. Da jetzt keine Zeit für Diskussionen ist, sind alle schweigsam und angespannt, obwohl ich mir sicher bin, dass Michaela es Thomas nie verzeihen wird, dass er sie nicht fahren lässt.

Thomas liefert sich mit dem Entführer ein waghalsiges Autorennen, während ich im Revier bei Kollegen anrufe, um das Handy von Frau Heine orten zu lassen. Nur so können wir ihr folgen, sollte Thomas das flüchtige Auto verlieren.

Leider sieht es jetzt auch danach aus, denn mittlerweile befinden sich mehrere Autos zwischen uns und dem Entführer und wir können ihm nur mit Mühe folgen.

„Könnt ihr ihn noch sehen?“, fragt Thomas angespannt.

„Er ist da links abgebogen“, antwortet Michaela und Thomas reißt das Lenkrad herum.

Mit quietschenden Reifen rasen wir die Straße entlang, doch leider ist von dem andern Wagen nichts mehr zu sehen. Noch immer warte ich am Telefon auf die Antwort des Kollegen, der vom Büro aus gerade versucht das Handy von Frau Heine zu orten.

„Also laut Telefonortung müsste Frau Heine noch auf dem Gelände der Bar sein“, sagt er schließlich.

„Verdammt, der Kerl hat ihr wohl das Handy abgenommen und auf dem Parkplatz weggeworfen“, fluche ich und informiere zugleich meine Kollegen, die mit mir im Wagen sitzen.

„Was ist mit dem Handy von Herrn Bauer?“, hake ich nach.

„Kein Signal, das hat er wohl ausgeschaltet“, antwortet mir der Kollege am anderen Ende der Leitung.

„So eine verdammt Scheiße“, ruft Thomas und schlägt mit seiner rechten Hand auf das Lenkrad ein. „Bist du dir sicher, dass er davor links abgebogen ist?“

Er wirft einen misstrauischen Blick zu Michaela.

„Natürlich bin ich mir sicher“, erwidert sie entschlossen.

„Er ist hier aber nirgends“, sagt Thomas sichtlich zweifelnd.

„Was weiß denn ich, wo der jetzt hin ist!“, verteidigt sie sich. „Du bist einfach viel zu langsam gefahren.“

Die beiden lassen wirklich keine Gelegenheit aus, um miteinander zu streiten, denn Thomas ist ganz sicher nicht zu langsam gefahren und Michaela hat auch nicht den falschen Wagen verfolgt. Es war einfach nur zu viel Abstand zwischen uns, weshalb wir ihn verloren haben.

Thomas verlangsamt das Tempo, als eine erneute Abzweigung kommt, und wir keine Ahnung haben in welche Richtung er geflohen sein könnte. Das bedeutet, wir haben auf ganzer Linie versagt und der Mörder war uns wieder einmal einen Schritt voraus. Doch das ist nicht alles. Wir haben Frau Heine in Lebensgefahr gebracht und es nicht geschafft sie zu beschützen. Wenn sie jetzt das nächste Opfer des Serienmörders wird, dann tragen wir die Schuld daran. Sie hat uns vertraut und wir haben sie bitter enttäuscht.

XIX

Michaela

Wie konnte uns das nur passieren?

Der Kerl musst gewusst haben, dass Frau Heine mit uns zusammenarbeitet und hat ihr vor der Bar aufgelauert. Vermutlich hat er uns auch die letzten beiden Male schon beobachtet und wusste daher, dass wir vor Frau Heine in die Bar gehen würden. Ich könnte gerade im Strahl kotzen, wenn ich daran denke, dass dieser Mistkerl jetzt Frau Heine in seiner Gewalt hat und wir keinen Schimmer haben, wo er sie hinbringen könnte. Der einzige Anhaltspunkt ist eine Schaukel, doch woher sollen wir wissen, für welche der unzähligen Schaukeln der Stadt er sich entscheiden wird. Außerdem hat er die Leichen lediglich dort abgelegt. Umgebracht hat er sie ja schon vorher.

Der Gedanke, er könnte Frau Heine gerade in diesem Moment töten und wir stehen ratlos hier in der Gegend herum, lässt mich leise fluchen. Ich habe ihr hoch und heilig versprochen, dass ihr nichts geschehen wird, als ich sie verkabelt habe. In dem Moment fällt mir etwas ein.

„Elisabeth hast du noch den Kollegen von der IT dran?“, frage ich über die Schulter zurück.

„Ja, warum?“

„Frag ihn mal, ob er sich irgendwie mit dem Mikrofon verbinden kann, welches wir ihr angelegt haben.“

„Er verbindet uns mit Sebastian“, erklärt sie und stellt das Telefon auf laut.

Sebastian ist eine Koryphäe bei allem was mit Computer und Technik zu tun hat. Als Jugendlicher hat er sich in alles gehackt, was irgendwie elektronisch war. Dabei wurde er nie erwischt und wir können nur von Glück reden, dass er sich irgendwann dazu entschieden hat, sein Talent und Können auf der richtigen Seite einzusetzen. Natürlich hat die Polizei ihn mit Kusshand genommen und ihn vom Fleck weg eingestellt.

„Ich kann mich zwar nicht damit verbinden, aber vielleicht haben wir ja Glück und er hat es nicht zerstört. Dann sollte es möglich sein, es zu orten“, antwortet Sebastian und man hört im Hintergrund, wie er in die Tasten haut.

Seine Finger scheinen geradezu über die Tastatur zu fliegen und ich glaube nicht, dass es jemanden auf der Welt gibt, der in dem was er tut besser ist. Im Vertrauen hat er mir mal erzählt, dass schon einige versucht haben ihn abzuwerben. Ein Glück, dass ihm die Herausforderung bei der Verbrecherjagd gefällt, denn wenn wir ehrlich sind, könnte er sich da draußen eine goldene Nase verdienen. Nicht zu vergleichen mit dem Beamtengehalt das er bekommt.

„Das Mikrofon ist noch aktiv“, murmelt er und weiterhin hört man die vertrauten Hintergrundgeräusche. „Einen Moment, gleich habe ich ihn.“

Angespannt sitzen wir da und warten.

„Er bewegt sich und ist schon ein ganzes Stück von euch entfernt.“

Wie es scheint, hat Sebastian auch uns auf seinem Bildschirm.

„Ich navigiere euch zu ihm“, schlägt er vor. „Jetzt links abbiegen und dann die zweite rechts.“

Thomas legt den Gang ein und gibt Gas.

„Ihr müsst euch beeilen, denn er hat einen ganz schönen Vorsprung“, hören wir Sebastians Stimme durch das Telefon.

„Das liegt daran, weil mich jemand in die falsche Richtung gelotst hat“, grummelt Thomas und wirft mir einen Blick aus dem Augenwinkel zu.

„Es war nicht die falsche Richtung“, widerspreche ich lautstark.

„Ruhe jetzt, sonst hören wir Sebastians Anweisungen nicht!“, ruft Elisabeth streng dazwischen.

Sie hat ja recht, daher halten wir die Klappe.

„Jetzt ist er stehengeblieben und ihr habt noch etwa drei Kilometer. Also, drück aufs Gas!“, sagt Sebastian.

„Ich bin schon auf Anschlag“, erwidert Thomas und reißt das Lenkrad erneut in der Kurve herum, so dass ich auf die andere Seite kippe.

„Das nächste Mal fahre ich“, brumme ich und möchte damit ausdrücken, dass ich mit seinem Fahrstil nicht zufrieden bin.

Er hat keine Zeit für eine freche Antwort, denn in diesem Moment sagt Sebastian den nächsten Befehl und Thomas rast über einen Kreisverkehr. Im Inneren des Autos fliegen wir geradezu hin und her. Ich bete zu Gott, dass wir nicht zu spät kommen. Wenn Frau Heine ihren Einsatz mit dem Leben bezahlen muss, werde ich mir das nie verzeihen und ich bin ziemlich sicher, dass meine Kollegen dies genauso sehen.

„Jetzt seid ihr gleich da“, sagt Sebastian durchs Telefon. „Jetzt dann noch links, dann noch fünfhundert Meter bis zum Ziel.“

Ich wage kaum zu atmen. Nicht nur, weil ich Todesangst bei Thomas Fahrweise ausstehe, sondern auch, weil ich so viel Angst um unsere Zeugin habe. Frau Heine hat sich vertrauensvoll in unsere Hände begeben und wir verlieren sie aus den Augen und überlassen sie einem Serienmörder. Das hätte niemals so verdammt schieflaufen dürfen.

„Da ist das Auto!“, ruft Erik vom Rücksitz und deutet geradeaus.

Tatsächlich erkenne ich das Nummernschild und sehe mich sofort um. Noch bevor Thomas den Wagen ganz zum Stehen gebracht hat, reißen wir die Türen auf und springen heraus. Wir laufen zu dem Auto, doch es befindet sich niemand darin.

„Wo sind sie hin?“, fragt Elisabeth besorgt.

Hastig drehen wir uns in alle Richtungen, doch weit und breit ist niemand zu sehen. Das Licht hier ist ziemlich schlecht. Einzig ein paar flackernde Straßenlampen spenden etwas Helligkeit. Glücklicherweise haben wir Vollmond, so dass wir die Umgebung erkennen können.

In diesem Moment vernehme ich einen erstickten Schrei.

„Habt ihr das gehört?“, frage ich in die Runde.

„Das kam von da“, antwortet Elisabeth und deutet nach rechts.

Dort beginnt ein lichtes Unterholz, in dem sich der Täter mit Frau Heine sehr gut verstecken könnte.

„Okay, wir bleiben zusammen“, schlägt Erik vor.

Wir nicken unisono, während wir unsere Waffen einsatzbereit in den Händen halten.

„Keine Alleingänge!“, fordert Thomas und wirft mir einen mahnenden Blick zu.

Vielleicht sollte ich ihn daran erinnern, dass er hier ganz sicher nicht das Sagen hat. Andererseits haben wir im Moment Wichtigeres zu tun, als dass ich mich über meinen Kollegen aufrege und ihn in die Schranken weise. Außerdem ist es vermutlich tatsächlich die bessere Idee, wenn wir uns nicht aufteilen.

Wenn wir es hier mit dem Mörder zu tun haben, dann ist mit dem Kerl ganz sicher nicht zu spaßen. Auf leisen Sohlen nähern wir uns der Richtung, aus der wir den erstickten Laut gehört haben. Wir beeilen uns und versuchen dabei dennoch keinen Lärm zu machen, um uns nicht zu verraten.

Ich habe keine Ahnung, ob der Kerl uns schon bemerkt hat oder ob er der Meinung ist, er wäre uns längst entkommen, als er uns in der Bar ausgetrickst hat. Wie auch immer, er wird sich nicht kampflos ergeben und womöglich hat er sogar eine Waffe. Selbst wenn nicht, hat er unsere Zeugin als Druckmittel. Vorausgesetzt sie ist noch am Leben und er kann sie als solches überhaupt noch einsetzen.

XX

Elisabeth

Als wir den Mann mit Frau Heine etwas entfernt von uns erkennen, wechsle ich mit meinen Kollegen einen Blick. Er drückt sie mit einer Hand am Hals zu Boden, während er seine andere Hand auf ihren Mund presst. Thomas prescht als erstes vor, dicht gefolgt von uns anderen. Er zielt mit der Waffe auf den Mann und ich richte angespannt meinen Blick auf Frau Heine.

Sie lebt noch, woraufhin ich erleichtert aufatme. Für einen Moment habe ich schon gedacht wir wären zu spät. Allerdings drückt der Kerl ihr die Luft ab und es scheint, als hätte er nicht vor das zu beenden, obwohl vier Waffen auf ihn gerichtet sind.

„Hände von der Frau und zurücktreten!“, ruft Thomas ihm lautstark zu.

Seine Augen weiten sich überrascht, als er uns bemerkt. Wie es aussieht hat er nicht mit unserem Erscheinen gerechnet. Er ist wohl davon ausgegangen, dass er uns abgehängt hätte. Dass unser Kollege selbst das kaputte Mikrofon orten konnte, hatte er wohl nicht auf dem Schirm. Kein Wunder, nicht einmal ich wusste, dass dies funktioniert.

„Zwingen Sie mich nicht, Sie zu erschießen!“, droht Michaela entschlossen.

Es sieht nicht so aus, als würde er sich so ohne weiteres ergeben wollen.

„Herr Bauer machen Sie es nicht schlimmer, als es schon ist!“, rufe ich ihm zu und hoffe, dass ich ihn dazu bringen kann aufzugeben.

Glücklicherweise nimmt er nach einem kurzen Moment des Überdenkens die Hand von Frau Heines Kehle und hebt beide Hände über seinen Kopf. Anschließend steht er langsam auf und macht ein paar Schritte von Frau Heine weg, die mit angstverzerrter Miene am Boden liegt und sich die Hand an ihren Hals legt, während sie nach Luft ringt. Sie wirkt als könnte sie überhaupt nicht fassen, was gerade passiert.

Thomas und Michaela stürzen sich auf den Mann und legen ihm Handschellen an, während Erik und ich zu Frau Heine eilen, um ihr aufzuhelfen.

„Geht's Ihnen gut?“, frage ich sie besorgt.

Sie wirkt völlig erschüttert und geschockt, was angesichts der Tatsache, dass sie beinahe umgebracht worden wäre, nicht gerade verwunderlich ist. Während Thomas und Michaela den Mörder abführen, fängt Frau Heine sich schließlich.

„Nein mir geht es nicht gut, verdammt!“, ruft sie aufgebracht. „Sie haben doch versprochen, dass Sie mich beschützen. Der Kerl hat mich fast umgebracht.“

Ihre Vorwürfe sind nachvollziehbar, dennoch haben wir sie letztendlich gerettet. Da wäre doch ein kleines bisschen Dankbarkeit angebracht. Stattdessen funkelt sie mich mit einer Mischung aus Angst und Vorwurf an.

„Kommen Sie, wir bringen Sie ins Krankenhaus“, bietet ihr Erik an.

„Nein, ich will nicht ins Krankenhaus“, entgegnet sie.

„Aber Sie sollten sich untersuchen lassen“, erwidere ich und ernte dafür einen finsteren Blick.

„Nein, ich will nach Hause.“

Als sie sich aufrappelt, reicht Erik ihr die Hand, um ihr dabei zu helfen. Statt die Hilfe anzunehmen wirft sie nun ihm einen finsteren Blick zu und weigert sich die Hand anzunehmen. Als sie steht, klopft sie sich den Schmutz von den Klamotten und stößt angespannt den Atem aus.

„Er hat alles gestanden, als er dachte, dass er mich gleich umbringen würde“, erzählt sie uns.

„Also hat er die zwei Frauen getötet?“, hake ich nach.

„Ja, er hat mir die Taten haarklein erzählt.“

In diesem Moment kommen die Kollegen bei uns an, die wir als Verstärkung angefordert haben. Während Thomas und Michaela unseren Täter an die Kollegen übergeben, bringen wir Frau Heine zu unserem Auto. Anschließend kommen unsere beiden Kollegen zu uns.

„Und, hat er gestanden?“, frage ich Michaela.

„Nein, er hat die Aussage komplett verweigert und will ohne seinen Anwalt nichts sagen“, antwortet sie.

„Dafür hat er Frau Heine alles gestanden, kurz bevor er versuchte sie zu erwürgen.“

Bei meinen Worten wirken Michaela und Thomas erleichtert. Auch wenn die beiden es nicht gerne hören würden. Sie sind sich unheimlich ähnlich. Das ist wahrscheinlich auch der Grund dafür, dass sie sich nicht so gut verstehen.

„Sie würden das auch vor Gericht aussagen?“, fragt Thomas Frau Heine, als er sich zu ihr beugt, da sie bereits auf dem Rücksitz unseres Autos Platz genommen hat.

Sie nickt.

„Hat er Ihnen sonst noch was zu seinen Taten gesagt?“, hakt nun Michaela nach.

„Er hat mir alles bis ins kleinste Detail erzählt. Es war, als wolle er sich damit brüsten. Dieser Mann hat einfach nur Gefallen daran Frauen zu töten. Er ist völlig krank.“

Nun scheint der erste Schock vorbei zu sein, denn Tränen lösen sich aus Frau Heines Augenwinkeln. Jetzt kommt alles hoch und ihr wird bewusst, wie knapp sie dem Tod entkommen ist.

„Hat er Ihnen Ihr Handy abgenommen?“, frage ich sie ruhig.

Immerhin haben wir bei den anderen beiden Opfern keine Telefone gefunden und gehen davon aus, dass der Mörder sie ihnen abgenommen hat, um seine Spuren zu verwischen.

„Das hat er mir abgenommen, bevor er mich aus dem Auto gezerrt hat“, antwortet sie schluchzend.

„Sie wissen nicht zufällig, wo er es hingetan hat?“, hakt Michaela nach.

„In sein Handschuhfach.“

Wir wechseln einen Blick, bevor ich Erik zunicke und wir uns auf den Weg zum Auto des Mörders machen. Die Kollegen der Spurensicherung sind bereits da und packen gerade ihre Arbeitsmaterialien aus. Sie müssten jeden Moment einsatzbereit sein.

„Habt ihr mal bitte Handschuhe für mich?“, frage ich sie.

Eine Kollegin überreicht mir ein Paar und stattet auch Erik damit aus.

Anschließend öffne ich die Beifahrertür des Autos und das Handschuhfach. Zufrieden sehe ich mich zu Erik um.

„Sieh mal an, was da alles drin ist!“

Ich hole die drei Handys aus dem Fach und prüfe nacheinander, ob ich sie einschalten kann. Eins davon ist mit einem PIN gesperrt, bei dem zweiten ist der Akku leer, doch beim dritten kann ich die Kontakte und Dateien öffnen. Ein Blick auf ihr Hintergrundfoto beweist, dass es sich um das Telefon des ersten Opfers handelt.

Auch beim Nachrichtenverkehr werde ich fündig, denn Herr Bauer hat den Chatverlauf mit seinem

Opfer nicht gelöscht. Er hat sich am Tatabend mit dem Opfer auf der Dult verabredet. Sicherlich gehörte das andere Telefon dem zweiten Opfer und auch darauf werden wir Beweise finden, die Herrn Bauer als Serienmörder überführen.

Ich übergebe die Telefone anschließend an die Kollegen. Diese tüten sie ein und geben sie bei der IT-Abteilung ab, die alles für die Staatsanwältin zusammenstellen, damit diese den Kerl hinter Gitter bringen kann.

Wir fahren zurück zum Revier und übergeben Frau Heine dort an einen Kollegen, der sich um die ärztliche und psychologische Betreuung der armen Frau kümmert. Auch wenn sie nicht ins Krankenhaus möchte, muss ein Arzt ihre Unversehrtheit bestätigen. Außerdem braucht sie womöglich psychologische Unterstützung, um diesen schrecklichen Vorfall zu verarbeiten.

Von den Kollegen erfahren wir noch, dass der Täter kein Wort von sich gegeben hat. Sein Schweigen wird ihm allerdings nicht sehr hilfreich sein, denn die Beweise sind erdrückend und außerdem haben wir Frau Heine als Zeugin.

„Was haltet ihr davon, wenn wir noch ein Bier trinken gehen, um auf unseren ersten gemeinsamen Fall anzustoßen?“, schlägt Erik vor.

Ich stimme sofort zu, während Thomas und Michaela sich noch misstrauisch ansehen. Doch es dauert nicht lange, bis sie schließlich nickend einwilligen. Wer weiß, vielleicht ist das ja der Anfang einer harmonischen Arbeitsgemeinschaft.

ENDE

Vielen Dank,

für den ehrlichen Erwerb meines Buches. Ich hoffe du hattest viel Spaß mit der Münchner Liesl, ihrer Familie und Michaela.

Falls dir die Geschichte gefallen hat und du dir die Zeit nehmen würdest eine Rezension zu schreiben, würde ich mich sehr freuen.

Deine Elisa Lark

Impressum

Elisa Lark
c/o Werneburg Internet Marketing und Publikations-Service
Philipp-Kühner-Straße 2
99817 Eisenach

E-Mail: elisa-lark@freenet.de

Printed by Amazon Italia Logistica S.r.l.
Torrazza Piemonte (TO), Italy

35954972R00078